Black Opal
オパール文庫

年下のオトコ
あなたのすべては俺のもの

山野辺りり

プランタン出版

プロローグ

社内に貼り出された人事異動の発表を前にして、木下早紀子《きのしたさきこ》は人知れず背筋を震わせた。

——やった……っ、最年少のチームリーダー昇進だ……！

この会社に入社して僅か四年。まだまだベテランと呼ばれるには程遠い。それでも、プライベートを犠牲にしてがむしゃらに働いた甲斐があった。

それこそまともに家へ帰らず、寝る間を惜しんで大好きな仕事に邁進してきたのだ。

おかげで友人や恋、遊びに趣味の時間、お洒落などは全て後回しにした。

だがそんな苦労が報われたのだと、早紀子は歓喜に震える。

——頑張ってきて、本当に良かった……！

男性が多数を占める職場において、『女性活躍』をいくら政府が推進しても、現実はままならない。どうしたって、様々な障壁が立ち塞がる。

まして『若い女』はそれだけで下に見られがちだ。

相手に悪意はなくても——結婚せずバリバリ働きたい早紀子のような女性は、様々な場面で『生きにくさ』を感じずにはいられなかった。

比較的福利厚生がしっかりしているこの会社でも同じ。ハイセンスな家具やインテリアを扱い主な顧客が女性であっても、経営陣や幹部は男性のみだ。

——だけど、私の努力が会社に認められたんだ……！　もうそれだけで過去の辛かったことが全部チャラになる……！

普段、あまり感情の変化を外に出さない早紀子だが、涙腺が緩みそうになった。おそらく頬は紅潮しているだろう。

人前で涙を流したりしたくない。職場ではいつでも毅然としていたかった。

早紀子はぐっと気を引き締め、何でもない風を装って踵を返す。

向かった先は、心置きなく一人になれる場所。トイレの個室で存分に喜びを噛み締めようと思ったのだが——

「——ねぇ、人事異動の掲示見たぁ？」

通りかかった給湯室から聞こえてきた言葉に、早紀子は足を止めた。

「見た見た。木下さん、ついにチームリーダーだって。すごいよねぇ」

どうやら話題にされているのは、自分のことらしい。

噂話なんて気にしない——そう割り切ってしまいたいところだが、悲しいかな人間の性。つい聞き耳を立ててしまった。

「まぁ、あの人仕事『だけ』はできるもんな」

てっきり女性社員のみが集まっているのかと思ったけれど、不意に男性の声が聞こえてきて、早紀子は肩を強張らせた。

しかも今の声には、聞き覚えがある。同期入社の厚木《あつぎ》だ。

本来なら同じ年に社会人になり、共に切磋琢磨して、仲間意識が芽生える相手。しかし厚木に限って言えば、早紀子の胸に嫌なモヤつきを起こさせた。

——何よ、また私の悪口でも言っているの？

正直、社内での評価は早紀子の方が厚木よりもずっと高い。上司の信頼も厚く、同じ年、更に幾つか上の先輩たちを含めても、早紀子は一つ飛び抜けているだろう。

つまり厚木よりも自分は会社に貢献している自負がある。しかし彼はそう思っていないのが歴然だった。

事あるごとに早紀子を敵対視し、扱き下ろそうとしてくる。『女のくせに生意気だ』と面と向かって言われたことすらあった。その際は『セクハラで訴えられたいの？』と冷たく言い返してやったのに、まだ懲りないらしい。

大方、同期の誰よりも先に出世した早紀子のことが面白くないのだろう。だったらこんなところで愚痴を言っていないで、仕事で成果を出せばいいのに。

己を高めようともせず、他者の足を引っ張ろうとする人間は苦手だ。できるなら極力関わり合いたくはない。

無用な争いを避けるため早紀子は厚木と顔を合わせる機会を減らそうとしているのだが、とは言え向こうが突っかかってくるから厄介である。

——これ以上立ち聞きしていても、不愉快になるだけだな……行こう。せっかくのいい気分が台無しになっちゃう。

言わば負け犬の遠吠えに耳を傾ける必要はない。

どうせいつも通り、『女を捨てている』『男に相手にされないから』なんて喚き散らすに決まっていた。

聞く価値はないと判断し、早紀子はその場から離れようと一歩踏み出す。けれど。

「いくら仕事ぶりは認められても、俺はああはなりたくないわ〜だってさ、何の楽しみもないじゃん」

「え〜、言い過ぎですよ、厚木さん」

女子社員の言葉は厚木を窘《たしな》めながらも、嘲りが滲んでいた。

早紀子だって自分が社内でどう言われているのか、まるで知らないわけではない。

やっかみ交じりに揶揄《やゆ》されているのは、これまで何度も耳に入っていた。しかしどれもこれも根底にあるのが嫉妬だと理解もしていたので、無視してきたのだ。

「俺としては、同情しちゃうよね。あの人、ちょっと可哀想じゃない？」

「だけど史上最年少のチームリーダー昇進ですよ。すごいじゃないですか」

——私が可哀想？　一所懸命働いて、成果を出して、いったい何が悪いの？

これまでの、こちらを貶めるだけの厚木の台詞とは違い憐れみを匂わされ、立ち去りかけていた足がつい止まった。

己の優先順位が別にあるなら、それを大事にすればいいと思う。家庭でも趣味でも構わない。しかし給料を貰う以上、見合った労働は義務である。

ましてや仕事そのものが楽しくて堪らない早紀子のような人間にとっては、懸命な努力を馬鹿にされている気がして、不快感が込み上げた。

さりとて、給湯室に押し入る勇気もないまま、じっと息を殺す。

「あれだけ私生活を蔑ろにしていれば、出世くらいしないと割に合わないもんなぁ。俺はもっと彼女との時間を大切にしたいし、ああいう女は心底お断りだわ。君らだって、人生を仕事に捧げる気なんて、ないだろう？」

「それはそうですけどぉ……」

——何それ。貴方の価値観を私に押しつけないでよ……っこっちだって厚木なんてお断りだ。何故、さも自分だけが選ぶ権利があると思っているのか。

呆れと怒りが綯い交ぜになり、早紀子の眉間に深い皺が寄った。

やはりさっさと立ち去ってしまえばよかったと後悔するが、もう遅い。

人事異動の発表を目にして高揚していた気持ちは、すっかり萎れてしまった。とても残念な心地で、早紀子は深く嘆息する。

——厚木さんとは今後も関わらないように気をつけよう。下手に何か言うよりも、それが一番いい。前にセクハラを指摘した後は、陰口が余計陰湿になったもの。

早紀子は大人しくやられっ放しになるつもりはないものの、無駄なことに労力を割く気もなかった。

相手にしないのが吉。どうせ彼はこうして陰で悪態を吐く程度のことしかできないのだから。

——行こう。

「あの人さぁ、絶対処女だぜ」

その時耳に飛び込んできた言葉が早紀子を凍りつかせた。

踏み出すつもりだった足が、一歩も動かなくなる。

何故なら、下世話で卑猥なその言葉が、不本意にも真実を言い当てていたためだ。

生まれてこのかた二十六年。

交際経験すら皆無。デートは勿論、キスさえしたことがない。そういったイベントは、自分の中で不要だと思ってきた。

全く興味もなかったし、何なら邪魔だとすら考えていたのだ。

キャリアアップを目指す早紀子には、結婚も出産も足枷でしかない。

男性は婚姻によって諦めるものが少ないけれど、大抵の場合、女性は選択を迫られる。

仕事か家庭か。子どもを望むなら、どんなに頑張っても一定の期間業務から離れねばならない。しかも『上を目指す』ならば、どれも社会で地位を築くための大事な時期にぶつかる。特に妊娠するにはタイムリミットがあるのが現実。

だったら、丸ごと人生設計から排除しようと早紀子は最初から決めていた。

「やだぁ、厚木さん！」

「あんな女、勃つ男いないって。金積まれても絶対無理」

「もう、いやらしい話はやめてくださいよぉ」

仮にも職場で、何の話をしているのか。到底相応しくない話題だ。聞かれる相手によっては、問題になる可能性もある。

だが給湯室にいる女性らは、厚木に形ばかり『やめて』と告げつつ、この会話を楽しんでいる風情だった。

「失礼過ぎますって」

「だから惨めだなぁって同情してやってるの。もしかしてあの人、仕事が恋人とか言っちゃうタイプ？　本当は男に相手にされないから、働くしかないのをごまかしたいだけなんじゃない？　人生に深みがない奴って、心底可哀想！」

給湯室内で、わっと笑いが起こった。

「……っ」

屈辱感が早紀子を苛む。気配を殺し、その場で息を潜める自分がひどく惨めだと思った。

しかしそれ以外、いったい何ができただろう？

もしも彼らの中に突撃しても、いい笑いものになるだけだ。謝らせたところで、何一つ解決しないではないか。

――たかが経験のあるなしで、あそこまで馬鹿にされなきゃいけないの……っ？

個人の資質には何も関係がない。もっと言えば、仕事上ではどうでもいい内容だ。

けれど無関係だからこそ――いくら社内で早紀子の働きぶりが評価されたとしても、彼らの中で自分はずっと『馬鹿にしてもいい対象』として刻まれている気がした。

――あんなの、想像で好き勝手無責任に言っているだけじゃない。真実は誰にも分からない。私が処女だとして、だから何よ……っ？　二十六歳で未経験の女子なんて、珍しくもないいじゃない……っ！

頭の中では強気に反論を並べ立てる。

だが、心と身体は別ものだった。

足が震えて、血の気が引いてゆく。憤怒のせいだけではない。

恥ずかしいと、感じている己がいるからだった。

理屈ではない感情が、胸の中で渦巻いている。別にこの年で交際経験がないことは、特別奇異なことではないはずだ。

それこそ中には、結婚まで純潔を保ちたいと考える者もいるだろう。

けれど早紀子が動揺したのは、きっとこれから先も自分はこのまま『おひとり様』に違いないという確信があったからではないか。

遊びで誰かと付き合えるほど、器用な性格はしていない。何よりも、時間と労力がもったいない。

つまり今後も一生、厚木のような人間には見下され続けるのだ。

「……っ」

嫉妬塗れの陰口を囁かれることは怖くない。

不愉快であっても、ある意味自分が妬まれるほど頑張っている証だからだ。

しかし異性との経験不足をあて擦られ、嘲笑の対象にされるのは、我慢ならなかった。

――悔しい。

仕事では早紀子に敵わないから、こんな馬鹿げたことで攻撃しようとしているに過ぎない。そんなことは分かっている。

いつもの『女を捨てている』という悪罵と大差ない。

それでも、言ってみれば努力次第で解消できる事柄のせいで、陰で嗤われているのだと思えば、尚更悔しさが募った。

「普通の人生経験もできない奴が、本当に人の上に立てるのかねぇ？　やっぱさ、色んな体験をして人間は深みが出るってものじゃん？」

耳障りな厚木の発言の後、再び上がった笑い声を背にして、早紀子は強引に足を動かした。

目的地は女子トイレ。

けれど先刻までとは一人になりたい理由が変わっていた。

鼻の奥がツンと痛む。潤みそうになる両目は、大きく見開くことで乾かした。

強く拳を握り締めたせいで、掌に爪が食い込む。だがその痛みは、一向に伝わってこなかった。

――これから私がどれだけ仕事で成果を出したとしても、ああして彼らには見下され続けるの？

むしろ早紀子が上に行くほど、厚木たちは下世話な話で溜飲を下げるのかもしれない。

だ。

——そんなの、耐えられない。だったら——

処女なんて、どこかで適当に捨ててしまおう。

もともと後生大事に取っておいたものでもない。まして今後保管する気もなかったものならば、後腐れない相手とサッと終わらせてしまえば、いっそ清々するではないか。

早紀子が本当に処女かどうかなんて厚木たちには証明できない。しかし自分だけは真実を知っている。

今や重荷でしかなくなったものを捨ててしまえば、少なくともこれほど惨めな気持ちにはならないはず。今後悪口を言われるにしても、『はいはい、嫉妬ですね』で済ませられる気がした。

——決めた。近日中に経験しよう。

たったそれだけで心の安寧を得られ、余裕を保てるなら安いもの。

早紀子は昏《くら》く翳《かげ》った瞳を細め、これからの計画を練り始めた。

いかに迅速に、かつ身の危険を回避して『いらないもの』を処理するか——それだけを考えて。

1　望まない再会

プレゼンを終えて、早紀子は凝った肩を大きく回した。

手ごたえはバッチリ。この分なら、無事に自分の企画が通るだろう。そうなればこれからますます忙しくなるが――楽しみでしかなかった。

――今日も帰るのは終電間際かな。でも狙い通りにチーフマネージャーの興味を惹きつけられてよかった……！

仕事が上手くいっていると、身体の疲労も気にならない。ここ数日、睡眠は三時間取ればいい方だったが、全身に気力が漲《みなぎ》っていた。

木下早紀子。三十歳。

二十代の頃と比べれば肉体的な衰えは感じるものの、社会人としては充実していた。逆に三十路を迎えたことで、何やら精神的に楽になった部分もある。

少し前までは両親や会社、友人らから『結婚』攻撃を受けていたが、三十歳の誕生日を機にガクンと減った。

雑音が消えて、とても快適だ。

仕事も順調。まさに順風満帆。先日マネージャーに昇進し、これは女性最年少での快挙だった。

これまで早紀子の勤める会社は輸入製品が主だったが、近年は自社ブランドが好調で、所属する企画部も大忙し。

——毎日楽しい。

大好きな仕事に心置きなく没頭できて、これ以上の幸せはないかもしれない。

これからもガンガン頑張るぞと、早紀子は緩んだ纏め髪をバレッタで留め直した。

服装は、清潔感を重視した白シャツにグレーのタイトスカート。パンプスは履きやすさを最優先に三センチヒールだ。顔立ちがはっきりしている分、化粧は薄めでいいことだけが救い。

正直、お洒落とは言い難いだろう。それでも過去の自分よりはかなりマシだ。

辛うじて首元に輝くダイヤのプチネックレスが、早紀子の華やぎかもしれない。

しかしこれとて、洒落っ気のために着けているのではなかった。

あくまでも、社会人として最低限の身だしなみ。アクセサリーの類を一つも身に着けていない方が、余計な詮索をされかねないからに過ぎなかった。

言ってみれば、制服と同じ。

毎朝あれこれ思い悩むのが面倒だから、何にでも合う無難で嫌味のない一粒タイプのダイヤネックレスを購入しただけだ。

それすら、もう一年前に買ったきり。あれ以来、ピアスもリングも新調したことはなかった。

――でもこの企画が上手くいったら、自分へのご褒美に何か買ってもいいかな？

早紀子はジュエリーに特別興味はないものの、武装の一つとしては大事なアイテムだと考えている。

たとえば小さなプラチナのピアスは防御力を上げてくれるし、はたまた誕生石のリングは己のやる気を鼓舞してくれた。

何より、飾り気のない女でいるよりも、周囲からの受けがいい。職場で女っぽさを出すのはマイナスだと以前の早紀子は考えていたけれど、その思い込みは改められた。

四年前、『彼』から言われた一言で。

「……っ」

ふと頭に浮かんだ面影を振り払うため、早紀子は慌てて頭を左右に振った。

――違う、違う。別に、あの人に言われたからじゃなく、小綺麗であることは男女関係なく武器になるし、受けがいいと気づいたからでしょう……！

あくまでも、仕事を円滑にするためで、間違っても『あの夜』の出来事が影響しているわけではない。

だが一度過去に引き摺られた思いは、簡単には頭の中から消え去ってくれなかった。

四年前。

念願の最年少チームリーダーに抜擢され浮かれたのも束の間、同僚の厚木に陰口を叩かれ、早紀子は屈辱感に苛まれた。

そして普段の自分なら絶対にしない行動に出たのだ。

いらないものなら速やかに捨てればいい。そんな強迫観念めいた思いに衝き動かされ、今思い出してもあり得ない選択をしてしまった。

記憶にあるのは、雨に濡れた路上。うす暗い部屋。

明るい金色に染めていながらも、痛んでいない綺麗な髪。

見た目の軽薄さを裏切る、落ち着いた優しい声とこちらを見透かすような瞳。

そして若く滑らかな男の肌——『お姉さん、大丈夫だよ』という囁きが今も耳に残っている。

そこまで思い出し、早紀子は慌てて追想を遮断した。

あの夜のことは、自分だけの秘密だ。彼との出来事をなかったことにはできないけれど、もう二度と会わない、すれ違っただけの他人に等しい。

ならば忘れてしまうのが得策。そうでなければ色々厄介事を招きそうな予感がした。だから可能な限り、この四年間忘却の彼方に追いやって生きてきたのだ。

——だけどあの子のおかげで、今がある……

無事、自分のコンプレックスを手放したからこそ、現在堂々としていられるのは否めない。僅かながらお洒落を心がけるようになったのも、同じ。

あれからも度々厚木には早紀子の経験値の低さをあて擦られたが——『はいはい、勝手に言ってなさいよ。可哀想な人』と無視できるように変わったのは、紛れもなく処女を脱却したからだ。

勿論、あの男がその事実を知る由はない。けれど何か伝わるものがあったのだろう。それはたぶん、早紀子が醸し出す余裕なのかもしれない。

言われるほど何も知らないわけではないぞ——という心理的要因が働いたのだと思う。外見の変化もそう。端的に言えば、自信がついたのだ。

とにかくいつからか、厚木に絡まれることは激減したし、卑猥な噂話が耳に入ることもなくなった。

所詮、人間は見た目が大事。

仕事がどれだけ優秀でも、それだけでは駄目なのだと——この四年で早紀子はやっと分かった気がする。

――人間的に、少しは成長できたかな。厚木さんのような人に、煩わしいことを言われないくらい経験値が上がっているといいんだけど……

もっとも、未だに交際というものはしたことがないのだが、それをわざわざあの男に教えてやる必要もあるまい。

もはや役職の上で大きく差が開いた同僚のことを、早紀子は一瞬で頭から追い出した。

そんなことよりも、仕事だ。

自分にとって最優先事項は仕事。それ以外、頭を占めるものは何もない。

ワーカホリックであるのは百も承知で、早紀子はストックしておいた栄養ドリンクを一気に呷った。

そうして、『さぁ、また全力で頑張るぞ』と気合を入れ直した時。

「――ちょっと、木下さん。来てくれる?」

直属の上司であるチーフマネージャーに手招きされ、早紀子は目を瞬いた。

「はい、何でしょう?」

先ほどのプレゼンの件だろうか。

それとも新しい業務か。忙しくなるほど心躍ってしまう早紀子は、笑顔で彼のもとへ向かった。

「実はさ、新しく配属されてくる新人の教育を、君のところで頼みたいんだけど」

「私に……ですか？」

マネージャーに昇格する以前から、部下の指導を直接任せられることは少なくなった。故に、少々意外で面食らう。

現在抱えている案件も多い。早紀子が難色を示そうと口を開きかけると。

「ああ。実は掛井《かけい》さんに頼もうと思っていたんだが、彼は家庭の事情でしばらく手一杯だろう？　だから急で申し訳ないが、木下さんにお願いしたい」

「ああ、なるほど……」

掛井は若手の中でも優秀な男で新人指導にも定評がある。が、昨晩妊娠中の妻が緊急搬送されたらしい。幸い母子共に命に別状はないそうだが、大事を取って出産まで入院が決まったと連絡が入っていた。

しかも彼の家には他にもまだ二歳の子どもがいる。急遽我が子の面倒を見なくてはならなくなった掛井は、育児休暇を視野に入れつつ時短申請をしていた。

「とても新人の面倒まで見ていられないし、仕事の調整も必要になってくる。そこで他に適任者と考えると、木下さんしか思い浮かばなかったんだ」

言わずもがな、早紀子だって今の仕事で手一杯である。忙しいことは大歓迎だし、新しい企画を考えて多忙になるのは願ったり叶ったりでも、新人の世話をするのは早紀子の望みとは少々違った。

しかし会社命令となれば逆らえない。

「承知いたしました。いつからでしょうか？」

「引き受けてくれるか、助かるよ。君の下で経験を積めば、即戦力も期待できる。ありがとう。そろそろオリエンテーションも終わって来るはずだけど——あ、こっちに来てくれ、水原《みずはら》さん」

さりげなく早紀子を褒め、やる気を出させる上司のそつのなさに苦笑しつつ、早紀子は彼が手招きした方向へ視線を巡らせた。

真っすぐこちらへ向かい歩いてくるのは、まだ二十代前半から半ばと思しき青年。

綺麗にセットされた焦げ茶の髪や、職場にはやや派手に思えるネクタイの色柄が今時の若者といった風情だ。正直なところ、三十路に突入した早紀子は内心『げ』と思った。

自分とは相いれない人種だと本能的に感じ、込み上げた苦手意識を必死で打ち消す。

おそらく、学生時代もさぞやキラキラした青春時代を送ってきたのではないか。

——いやいや、これは仕事。第一印象がイマイチでも、実際そりが合わない人間でも関係ない。大切なのは使えるか使えないかだけでしょう。

強引に口角を吊り上げた早紀子は、作り笑いで新人を出迎えた。

遠目からでも感じたが、近づくごとに彼の整った容貌が鮮明になる。光が溢れるような華やかさがある男性だ。

少し垂れた目尻の印象的な瞳。すっと通った鼻筋の下には、優美な弧を描く唇がある。それはやや薄く、男性にしては赤みが濃かった。

高い身長に見合う長い手足と均整の取れた体型は、何かスポーツをしているのかもしれない。

ただ細いのではなく、引き締まり伸びやかだ。

肌のきめは細やかで、至近距離で対峙すれば感嘆せずにはいられない、端正な顔立ちの青年であることが分かった。

フロアにいた他の社員たちも、興味津々でこちらを窺っている。中には、早くも頬を染め、目を煌めかせて言葉をなくしている女子社員もいた。

早紀子も、絶句したまま固まっている。

しかしそれは、彼の容姿の麗しさに見惚れていたからでは決してない。

本日初対面であるはずの青年に、見覚えがあったからだ。

――う、そ……

もう二度と会うことはないと思っていた人。

永遠に記憶の底に封じてしまいたい過去。

あの頃よりも髪色は暗くなっていたし、身体つきも顔立ちもより精悍さを増していた。

軽薄そうな雰囲気はかなり薄まり、大人としての落ち着きを纏っている。

けれど間違いない。

四年前、早紀子の人生の転機に協力してくれた見知らぬ青年。

それが今、自分の目の前に立っていた。

雨音の幻聴を捉えた気がするのは、勘違いだと分かっている。それでも、忘れようと足掻いていた四年前の出来事が、鮮明に揺り起こされた。

——まさか……っ、え、本人のわけがない。そんな偶然、いくら何でもあり得ないでしょう……っ！

大勢の人間が行き交う都会で、行きずりの男女が数年後に職場で再会する確率はどれだけだろう。きっと相当低いに違いない。

しかしまさに現在、そんな奇跡にも等しい事態が起こっているのだ。

確かに、何年も前にたった一晩共に過ごしただけの相手の顔を完璧に覚えているかと問われれば自信はない。早紀子ができるだけ思い出さないよう心がけていたこともあり、かなり記憶が曖昧になっている部分はある。

しかし柔らかな目元の印象は鮮烈で、じっと注がれる眼差しの強さとのギャップが早紀子の内側で消えない痣になっていた。

それ以外にも、最も頭に刻み込まれているあの声が——

「水原和希《かずき》です。よろしくお願いいたします」

とろりとどこか甘い、心地よい声音。自然と耳を傾けたくなる、心の奥まで忍び込んでくる不思議な低音。

人懐こそうな笑顔とこちらの内心を見透かす視線。

それらどれもが、早紀子の過去の記憶を刺激した。

信じられない。信じたくない。

深く下げられた和希の頭を呆然と見下ろし、喘ぐ勢いで息を継ぐ。

かつて自分が犯した過ちが、容赦なく突きつけられていた。

四年前、厚木の言葉で意地になった早紀子は、『後腐れなさそうな男』に声をかけた。手っ取り早く己の処女を放棄しようと思ったためだ。

名前も素性も関係ない。ただ、できれば自分が気後れせず、かつ向こうにとってもたいしたことではなくて、日常に埋没する出来事として処理してくれるような男性であればいいと願った。

つまり、そこそこ遊んでいる人の方が気楽だと考えたのだ。更に言えば、同年代や年上の異性よりも年下の方が卑屈にならずに済むとも思った。

そんな打算塗れの果てに、偶然出会ったのが水原和希を名乗る彼だった。

勿論、四年前は名前なんて聞いたかもしれないが覚えていない。

彼からはこちらの名前を問われたけれど、適当な偽名を告げた記憶がある。だからそこから早紀子に辿り着くのは不可能だ。

それなのに、和希はここにいる。まず間違いなく、彼にとってもこれは想定外の偶然なのではないか。

残酷な運命のいたずらに、眩暈に襲われた早紀子は懸命に足を踏ん張った。

倒れるわけにはいかない。そんなことになれば、己の罪を認めたも同然。ここは職場だと自身に言い聞かせ、どうにか呼吸を整えた。

――新人ってことは、今年の新入社員？　ああ……じゃあやっぱりあの頃の彼は――未成年だったんだ……

目の前が真っ暗になるという表現は、こういう場合に使うのだと実感した。

本当に突然暗闇に落とされた気分になるらしい。

あの夜、無事目的を達成した早紀子は、速やかにホテルを出るつもりだった。

ご休憩目的のホテルに入ったのは初めてで、居心地が悪かったせいもある。とにかく逃げたくて脱ぎ捨てた服を大慌てで身に着けた。

叶うなら、ベッドにしどけなく横たわる男が目覚めないうちに。

ようやく重荷を捨て去った高揚感と罪悪感に苛まれ、足元が疎かになっていたことは否めない。

早く部屋を出ようと焦るあまり、早紀子は床に転がされていた和希の鞄を蹴ってしまった。――その中から学生証が転がり出た。

学生証とは当然、学生が持つものだ。

大抵の場合大学生が所持している。稀に高校でも、生徒手帳ではなく、カード式のものを採用しているところもあると聞く。

しかしどちらにしても、十代後半から二十代前半の若者のアイテムであることがほとんどだろう。

それが床を滑り、早紀子の視界に飛び込んできたのだ。

記載されていたのは勿論学校名や彼自身の名前。だがそれらは正直欠片も気にならなかった。

早紀子を驚愕させたのは、彼の生年月日。

咄嗟に計算できなかったのは、自分自身ひどく混乱していたからに他ならない。それでも、身体を重ねた男が『未成年』であることは理解できた。

淫行。

そんな身の毛もよだつ単語が脳裏を巡り、早紀子の全身が戦慄いた。

よろめき倒れなかったことを、褒めてもらいたいくらいだ。

狼狽しつつも荷物をもとに戻し、ホテルの部屋を飛び出して、どうやって帰ったのかは覚えていない。それほど、呆然自失していた。

——今なら淫行の定義が、十八歳未満の子どもに対して手を出した場合、適用されるものだと知っているけれど……当時の私は未成年者全般が対象だと勘違いしていた。そもそもパニックになり過ぎて、考える余裕がなかった……

無論、自分が罪を犯すことは想定していなかったし、関わる機会すらないと思っていた。そのため、淫行の規定を正確に覚えてもいなかったのだろう。

あの自棄になっていた夜だって、年下の男性がいいと考えはしても、あくまで二十を超えた人しか眼中にはなかったのだ。

和希はいかにも若者ではあったが、どこか大人びた空気を纏っていた。それ故、早紀子は見誤ったのだと思う。

まさか十代だとは思いもよらず、事が終わって真実を知り、完全に恐慌状態になったのは仕方がない。

結果、『逃亡』しか早紀子に選べる道はなかった。

——どちらにしても大人が成年に満たない子どもに手出しするのは、褒められたことじゃない。

むしろ糾弾され、後ろ指をさされても文句は言えないのではないか。

少なくとも早紀子の常識ではそうだ。だからこそ今日に至るまで、あの夜のことは誰にも話さず、秘密を貫いてきたのだから。

何をどう言い繕ったところで、早紀子があの日未成年者を誘い一夜を共にし、翌朝日も昇らぬうちに逃げた事実は変わらない。

つまりはヤリ捨てたのだ。

真剣な交際をしていたならまだしも、不誠実でふしだらな関係は言い訳の余地もない。

双方合意だったことだけが救いだが、この場合責任は大人だった早紀子にあるに決まっていた。

万が一、会社に知られたら。

いくら昔のことでも、刑法に引っかからないとしても、社会的制裁は免れないかもしれない。

濁流じみた記憶の奔流に押し流され、意識を手放しそうになっている早紀子の前で、和希は下げていた頭を起こした。

改めて顔を見ても、間違いない。

あの夜の——早紀子の初めてを捨てる手伝いをしてくれた彼だ。

一見優しげなのに、何を考えているのか分からない深い色を湛えた瞳も。柔らかな物腰の奥に見え隠れする、下品さがない気安げな様子も。

早紀子は引き攣る頬を全力で戒め、忙しく瞬きすることしかできなかった。

「彼女が木下マネージャー。君の指導役になってくれる頼れる女性だ」

「はい、よろしくお願いします」

「――木下……早紀子です」

どうにか挨拶を絞り出せたのは、社会人として身に着けた反射神経のおかげでしかない。内心では、動揺のあまりここから逃げ出したくて堪らなかった。

足元がぐらぐら揺れる錯覚に襲われる。

喉に力を込めないと、悲鳴じみた声が漏れてしまいそうだった。

いつ和希の表情が驚きに染まるか。それとも険しく双眸が細められるか。『あの時の』などと指摘されれば、この場を上手くごまかせる自信はない。

生きた心地もしないまま、早紀子はどうすれば彼の口を塞げるかのみを必死で考えていた。だが。

「木下マネージャーですね。初めまして」

にこやかに、何の含みもなく。

爽やかな微笑みには欠片も悪意が感じられない。

本当にこれが初対面であるかの如く、和希はごく自然な笑顔を早紀子に向けてきた。

何を言われるのかと戦々恐々としていた早紀子は、拍子抜けした心地で視線を揺らす。

――まさか……私のことを、覚えていない……？

今更彼があの日の青年と別人であったと、希望的観測を抱けるほど早紀子はおめでたくない。まず確実に同一人物だ。

もしかしたら空気を読んで初めて会ったかのように振る舞ってくれた可能性もあるけれど、それはとても低い気がした。

何故なら、あまりにも普通だからだ。

ほんの少しも感情を揺らがせた様子もなく、新人の初々しさを漂わせる和希の双眸には、明らかに『上司』としての早紀子だけが映っている。

それ以外、何の感慨も汲み取れそうになかった。

もしも目の前にいる女が、かつて自分と寝た人物だと気がついたら、こうも堂々としていられるものだろうか。少しは何某かの反応を見せても不思議はない。

単純に吃驚《びっくり》するか、またはニヤついてしまうのが普通だと思う。しかしそういった様子は微塵もなく、彼は礼儀正しく再度頭を下げた。

「これから勉強させていただきます」

——この人、私の顔を忘れているんだ……！

考えてみれば、早紀子はあの日『数いる女の一人』に埋没できるよう、遊び慣れた風情の和希に声をかけた。

きっとこの青年ならば簡単に誘いに乗り、何の思い入れもなくサヨナラできるのではないかと判断したからだ。

その推測は正しかったらしい。

彼にとってあの夜の出来事は、別段特別でも何でもない。よくある誘惑の一つでしかなかったのだろう。それこそ翌日には女の容姿を忘れてしまえる程度に。

——助かった……

膝からくずおれそうなほど、安堵が早紀子の背筋を突き抜けた。

油断するとこの場にしゃがみ込みたくなる。どうにかしっかり立ったまま保てたのは、プライドと体面を失いたくなかったためでしかなかった。

意地と矜持《きょうじ》を総動員し、震えそうになる膝に力を込める。

強引に綻ばせた口元は、少しばかり痙攣していたかもしれない。それでも、ぎりぎり笑顔になれたことに早紀子はホッとした。

「こちらこそ……どうぞよろしく」

傍から見れば当たり前の顔合わせに映っていることを祈りつつ、早紀子は首の皮一枚繋がったことを、信じてもいない神に感謝した。

——あの日のことは、永遠に秘密。私が墓場まで持って逝く。

汗だくになった背中を悟られないよう、早紀子は力強く拳を握り締めた。

その日の夜、久し振りに夢を見た。

いつもは疲れ切って泥のように眠るせいか、滅多に夢の内容を覚えていない。そもそも早紀子はショートスリーパーなので、一晩に見る夢自体少ないのかもしれなかった。

だがこの日は違う。

理由は勿論、昼間の衝撃的な再会があったからだ。

あれからも和希は至って普通で、早紀子の顔を見ても会話をしても、一切態度を変えることはなかった。

むしろこれまで早紀子が受け持ったどんな新人よりも熱心で、優秀だったほどだ。

気まずさ故に不自然なこちらの言動を気にせず、明るく聡明で、早くも企画部に馴染んでしまった。人の名前を覚えるのも早く、一度聞けば間違えることはない。

記憶力がいいのだとしたら、何かの拍子に自分のことを思い出す可能性もあるのではないか——そう思い最初はビクビクとしていた早紀子も、次第に落ち着きを取り戻した。

これは本当に、彼の中には自分がいないのかもしれない。

女性に不自由するとは思えない和希は、四年も前に一度寝た程度の相手をいちいち覚えてはいないのだろう。だとしたら、こんなに嬉しいことはない。

ならば今後も余計な刺激はせず、指導期間をやり過ごせばいい。

波風立てず、穏便に。

職場だけの付き合いを徹底し、何もなかったことにしてしまえば——

早紀子の胸に希望の火が灯った。

できるできないではない。やらなければならないのだ。

社内での立場や、己のキャリアをこんなことで傷つけるわけにはいかない。

自分さえ口を噤んでいれば、四年前のことを知る者はおらず、いても覚えていないなら同じこと。

そう固く心に誓い、早紀子はあの夜の記憶を厳重に封印し奥底へ沈めたのだが——簡単に消去できるものではなかったらしい。

悪夢という形で、過去が早紀子を嘲笑った。

——雨の音が聞こえる……

窓や屋根を叩く水音が夢か現実か判然としない。だが四年前もやはり激しい雨が降っていた。

いつもなら、そんな休日に外出しようなんて絶対に思わない。休みでも仕事を家に持ち帰ることが多く、その必要性も感じなかったからだ。

けれどあの日は違う。果たしたい目的のため、必ず出かけると数日前から決めていた。

朝から念入りに化粧を施し、服を選んで外出の準備を整える。

二十六歳にも拘らず、早紀子が持っている化粧品はひどく少ない。それらを駆使し、慣れないメイクを四苦八苦して仕上げた。

この日のために用意した服は露出度が高く、流行に即したもの。とは言え、全く趣味ではないしあれ以来一度も袖を通さず捨ててしまった。

歩きにくい高いヒールの靴も、今では箱に入ったまま埃《ほこり》を被っている。ひょっとしたら、黴《かび》が生えているかもしれない。だがそんなことはどうだってよかった。

全てはあの一夜のための武装でしかない。

用済みになればもはや視界に入れるのも苦痛だ。

何せ己の処女を処分するのに、アパレルショップの店員が勧めるがまま、急遽揃えただけの代物なのだから。

――どうせ似合いもしないのに……

夢だからか、過去と現在が微妙に混じり合っている。これは既に終わったことだと理解している早紀子と、今まさに鏡の前で最終チェックをしている意識とが混在した。

さながら、自分自身をもう一人の己が見ているよう。それを疑問にも思わないところが、夢である所以なのだろう。

これから決戦に赴く心地で自身を奮い立たせ、恐怖に染まりそうになる心を励ます。

二度とくだらないことで馬鹿にされないよう、何としても今日のうちに経験するのだと何度も早紀子は自分へ言い聞かせた。

――ああそうだ……私は四年前のあの夜、誰でもいいから、適当な男性を捕まえに行くつもりだったんだ……

この際、病気や特殊な性癖を持っていなければ、相手に対し贅沢を言うつもりはない。家を出るまではそんな気持ちでいたが、いざナンパ待ちのつもりで酒の飲める店に一人で入れば、怖気づいた。

扇情的な格好をしていたせいか、数人の男性が声をかけてきたのに、全て断ってしまったのだ。

最初の男は、早紀子の胸の谷間しか見ていなかった。その粘ついた視線に嫌悪感を抱き、身を任せるのは無理だと思った。

二人目は三人組。流石に初めてで複数を相手にする度胸はない。それに清潔感のない髭面が、生理的に駄目だった。

三人目は延々自慢話をされ、口説かれる前にうんざりしてしまったというのが正直なところだ。

そんなこんなで時間ばかりが過ぎ、一向に成果を上げられず、店は閉店時間を迎えた。

結局、『誰でもいい』と言いながらも選り好みしていたのだと思う。

いらない『初めて』であっても、リスクは極力少ない方がよかった。

――どうしよう。またしばらく忙しくて、休みなんて取れないのに……っ

まだ開いている別の店に行こうか。だがあまり飲み歩く習慣もない早紀子に、よく知らない店へ押しかけるのは勇気がいることだ。

そうでなくても今夜は、既に最後の一滴まで気合も勇気も絞り尽くしている。

焦った早紀子は、雨の降る路上でなす術なく佇んだ。

悪天候のせいか、終電が迫る時刻のせいなのか、人通りはもうかなり少ない。いても、強かに酔った者たちばかりだ。

片っ端から声をかけるなどの暴挙にも出られず、早紀子はすっかり困り果てた。

所詮自分には、厚木の言う通りまともに相手をしてくれる男なんて現れないのかもしれない。それ自体は別にどうでもいいけれど、今後も仕事とはまるで無関係のことでマウントを取られ続けるのかと思うと、憂鬱でしかなかった。

惨めさが胸に去来し、気合を入れた今夜の自分が滑稽《こっけい》に思える。靴擦れができたのか、足も痛い。

意気地なし、と己を罵って早紀子が足元から顔を上げた時。

酔いを感じさせない足取りで歩く一人の男性が視界に入った。

黒いパーカーのフードを被り、長い足を包むジーンズ姿は、彼が年若いことを感じさせる。ラフな格好だが適度にお洒落で、どこか品がいいと早紀子は思った。

雨を避ける気もないらしく、悠然とした落ち着きある歩き方が彼をそう見せたのかもしれない。一人きりでいることも丁度いい。

彼を逃せば、もう他にチャンスはない。

きっと二度と今夜のような勇気は出せないし、機会も巡ってこないのではないか。そう思い、早紀子は男の背後から震える声をかけた。

「待って……！」

振り返った青年が金髪だったことには度肝を抜かれた。

失敗したかと瞬間後悔したものの、知性が滲む眼差しに、己の判断は間違っていなかったと思い直す。

経験豊富そうな若い男性。

後腐れなさげで、かつ危険な性癖や病気を持っていないと期待できること。

あまりにもチャラい見た目を除けば、条件にぴったりだ。

後は自分が最後の壁を乗り越えるだけ。たとえその先が、切り立った崖になっていたとしても、一歩踏み出すと決めたのは己自身なのだから。

早紀子は委縮する舌を強引に蠢《うごめ》かした。

「傘持っていないの？　風邪ひいちゃうでしょ」

「――――誰？」

男の見た目よりも低く冷静な声に、第一印象の軽薄さが弱まる。

訝しげに眉根が寄せられた表情からは、浮ついたところが見受けられなかった。むしろしっかりした雰囲気すらある。

——幾つくらいだろう……？　二十二歳くらいかな？

容姿は飛び抜けて整っていた。それこそ芸能人だと言われれば信じてしまう、洗練された空気を漂わせているのだ。

雨に濡れた前髪から滴る雫すら色気がある。

スタイルも抜群によく、ひょっとしたらモデルなのかもと早紀子は想像した。

——私はあまり芸能界に詳しくないから、知らないけれど……一般人と言われた方が違和感があるくらいの美形だわ……

これほどの美貌を誇っているなら、女性に不自由はしていないはず。

だったら、今夜一晩くらい早紀子に付き合ってくれるかもしれない。いや、絶対にその気になってもらわねばと、内心で拳を握り締めた。

——この人を逃したら、後がない——気がする。

自分からもう一度見知らぬ男性に声をかけるのは厳しい。時間的にもこれが最後のチャンス。何としても今夜中に勝負を決めなければ。

「わ、私と……っ、一杯飲まない？」

生まれて初めての逆ナンパは、不格好極まりなかった。

誘惑するにしても、もっと色々あるだろうと頭では思うが、上手くいかない。口も身体もギクシャクして、早紀子は言った瞬間から後悔した。

しかし一度声にした台詞は、取り消しが利かない。

相手が酔っ払いならまだしも、眼前の青年は明らかに素面《しらふ》だった。

「――俺と？　お姉さんが？」

「……っ、え、ええ。私が奢《おご》るから」

我ながら必死過ぎて、泣けてくる。しかしせっかく返事をしてくれた彼をこのまま行かせたくない一心で、早紀子は大仰に自分の胸を叩いた。

「ね、少しだけでいいから付き合ってよ」

思い切って彼に近づけば、男の背の高さがより鮮明になった。傘を差しかけてやり、見上げる角度で、意識的に胸の谷間を寄せる。

彼からは、こちらの白い肌がちらりと見えているに違いない。勿論、計算の上だ。

こんな見え透いた媚を滲ませるのは恥ずかしかったけれど、致し方ない。もはや手段を選ぶ余裕はないと割り切って、早紀子は更に付け睫毛を震わせた。

「私、まだ帰りたくないの。一緒に遊んで」

軽く手に触れてみると嫌がられていないようだったので、早紀子はより一層大胆になった。

彼の腕を取り、自身の胸へ押しつける。

年上の女として余裕ある振りを全力で演じながら、実際は心臓が口から飛び出しそうなほど暴れ狂っていた。

自分のしていることが正解か不正解かなんて知らない。男性の誘い方なんて、誰も教えてくれなかったし、自ら学ぼうと思ったこともなかった。

だから全ては本や映像から見聞きした手垢だらけの方法だ。

それでも完璧主義のプライドにかけ、早紀子は『遊び慣れた女』の仮面を懸命に被った。

――お願い、私に興味を持ってよ……っ
青年の両目がじっとこちらに向けられている。そこに揺らぐ感情の名前を読み取れるほど、早紀子は男女の駆け引きに長けていない。

彼の反応を待つことしかできず、背筋を冷たい汗が伝った。

時間にしてほんの数秒。

だが永遠にも感じられる沈黙の中、雨の音だけを耳が拾った。

「――それ、俺を誘っているの？」

僅かに口の端を吊り上げた表情は、彼が早紀子に好意的な微笑を向けてくれたようにも、嘲笑っているようにも見えた。

どちらと咄嗟に判断できず、返答に詰まる。

しかしすぐに気持ちを立て直した早紀子は、鏡の前で練習を重ねた蠱惑的な笑みを浮かべた。

「どっちだと思う？」

取り繕った態度とは裏腹に、眩暈がするほど緊張していた。

傘の柄を握る掌は、汗でビショビショ。呼吸も、意識してしないと忙しく乱れてしまいそう。上目遣いの双眸は、不安に揺れていたかもしれない。

早紀子の内側まで見通してくるような男の強い視線に、動揺するなという方が無理だった。

「……大胆なお姉さんだね」

微妙な言い回しには、早紀子の背伸びを見抜いている響きが微かにある。

本当は地味でモテない女が、必死で頑張っているのを見透かされているのでは。

そう直感した刹那、早紀子の内側で闘志が灯った。

――もう馬鹿にされたくない。

たかが経験のあるなし如きで、見下されるのはごめんだ。処女なんて邪魔なもの、とっとと捨ててしまいたい。そのためには――いくらだって悪い女になれる気がした。

「……女に恥をかかせるの？　見た目と違って、つまらない子ね。それとも意気地がない？」

わざと大人ぶって、彼の矜持を刺激する。

たとえ男にとって早紀子が趣味でなくても、ここまで言われれば面白くないだろう。さあどうぞと餌が差し出された状態で振り払うつもりなら、とっくにこの腕を解かれている。

今尚触れることを許してくれているなら——脈はあると己を励ました。

これまで一度もしたことがない表情で。媚びた眼差しで。肢体をくねらせ全力で『女』を使う。

己の口から漏れる声は、聞いたことがないほど艶を帯びていた。

さながら発情期の猫。みっともなくて恥ずかしい。

それでも目尻を綻ばせた彼が顔を近づけてきた瞬間、早紀子の羞恥は一瞬で霧散した。

「——飲みに行くなんて怠いことしないで、すぐに二人きりになれるならいいよ？」

男の呼気が、早紀子の耳朵を撫でた。生温かい空気に肌が粟立つ。

カッと熱を孕《はら》んだ頬を俯け、早紀子は数度呼吸し息を整えた。

突然溺れるほどの色香を滴らせられ、男女交際の経験が一度もない自分には難易度が高過ぎる。クラクラと酔いそうになり、体内が甘く疼く。

全身が火照り、鼓動は更に速度を増した。

「せっかちね。でも話が早くて助かるわ」

表向きだけでも落ち着きを取り戻した早紀子は、下ろしていた髪を肩から払った。精々、物慣れた女に見えるように。震える膝は、全力で踏ん張った。

「――へぇ……強気だね」

意外なのは、彼がやや驚いたように目を見開いたことだ。

まるでこちらの返事が想定外だと言わんばかりだった。

けれどそれは一瞬のこと。瞬き一つの間に、青年は意味深な笑顔に変わった。

「じゃあ、行こうか。それともお姉さんのお勧めの場所とかある？」

一応事前に、幾つか『そういうホテル』はピックアップしている。その時になってオタオタしないよう、予習は万全にしてきた。

しかし緊張状態の連続で、覚えていたはずのホテル名が出てこない。

動揺した早紀子は、ひとまず焦っていることを悟られないよう、視線を逸らした。

「そ、そうね。よく利用するところは――」

思い出そうと足掻くほど、何故か記憶が曖昧になる。いや、冷静さを欠き、思考が纏まらないせいだ。

そんな自己分析はできても、一向にホテル名を思い出せないまま早紀子は忙しく瞬いた。

――どうしよう。せっかく上手くいきかけたのに、変に思われる……っ
初めてのプレゼンでも、こんなに緊張したことはなかった。

どんな試験であっても入社試験最終面接だって、もっと落ち着いてこなせたはずだ。それなのに今夜に限っては、何もかもが上手くいかない。

せっかく下調べを入念にしたのに、どれも無駄だったらしい。

全て初体験で、現実感が希薄になった。手指の体温はとうに失われ、すっかり冷え切っている。微かに震えているのを悟られないよう祈りつつ、全力で頭を働かせた。

ドクドクと心臓が暴れ、壊れないのが不思議なほど。吐き気すらしてきて、早紀子は秘かに深呼吸した。

――せめて何か言わないと……っ、このまま黙っていたら彼が呆れて行ってしまうかもしれない……！

「――……だけどいつも通りじゃ面白くないんじゃない？　たまには別のところへ行ってみるのも悪くないかもよ」

囁きはあまりに小さく、雨音に掻き消される寸前だった。

それでも、滾る呼気が早紀子の肌を妖しく慰撫する。

焦げつくような熱を耳に感じ、跳び上がらなかった自分は立派だった。

「……っ」

腰が砕けるとは、まさにこんな状況に相応しい言葉だ。

立っているのが困難になるくらい、膝から崩れそうになった。たいして酔ってもいないのに、酩酊感で視覚がたわむ。

戸惑いで揺れた視界の中、明るい金髪の美青年がうっそりと微笑んでいた。

「今夜は俺に任せてみない？　お姉さん」

もしかしたら、彼は早紀子の虚勢を見破っていたのかもしれない。

その上で救いの手を差し伸べてくれたと考えるのは、穿ち過ぎだろうか。

こちらに余計な恥をかかせないため。それでいて女の情けないプライドを守ろうとしてくれたのでは。

――なんて思うのは、私の願望でしかないか……

今出会ったばかりの赤の他人に、そこまで気遣ってもらえると期待するのは、愚かなことだ。けれど初めて肌を重ねる相手に、多少の夢を見るくらいは許される気がした。

誰でもいいと強がっても、叶うなら優しい人の方が望ましい。ただそれだけのこと。

自分にも乙女な部分があったのかと、ややたじろぐ。

するとそんな機微を察したのかと疑うタイミングで、早紀子が摑んでいた男の腕がするりと外され、当然のように手を繫がれた。さながら恋人同士の如く、深く指を絡め合う。

彼の手も温かいとは言い難かったが、早紀子よりは体温が高い。人肌の温もりに、どこか安堵したのは秘密だ。

「行こう」

寄せられた顔の近さに身を引きかけ、渾身の理性でもってやっと堪えた。

だが嫌悪感を抱かなかったのは事実だ。

さっきまでバーの片隅で、カクテル片手に声をかけてくる男を待ちつつ、無意識に『駄目なポイント』を探し、失格にしていた時の気分とはまるで違う。

どこか浮き立つ心地で、早紀子は歩き出した。

まるで特別な間柄の距離感。一つの傘で肩を寄せ合い、手を繋いで歩く男女がよもやった今知り合った関係だとは、誰も思わないだろう。そんな夢想に浸りかけ、早紀子は慌てて打ち消した。

――馬鹿馬鹿しい……っ、彼には今夜『協力』してもらうだけ。それ以上でも以下でもない。

目的が済めば、二度と会うこともない赤の他人だ。

たとえ握られた手が火照るほど熱くても、心音が先刻までと音を変えたとしても。

勘違いしてはいけないと己に言い聞かせ、戒める。

「お姉さん、名前は？　俺は――」

「サチって呼んで」

呼ぶつもりがない彼の名前は聞き流し、早紀子は適当に思いついた偽名を名乗った。

今夜この場にいる女は木下早紀子ではない。全く別の女だ。

格好や髪形、化粧も普段からは程遠い。変装に近く、きっと顔見知りと出会ってもこれが早紀子だと気がつく人間はいないのではないか。

そうでなければ困ると頭の片隅で思いつつ、早紀子は躊躇いがちに男の手を親指で摩った。

「でも名前なんてどうでもいいじゃない」

「……まぁ、そうだね。じゃあサチさん」

本名に辛うじて掠っただけの偽名は、しっくりこなかった。

サイズの合わない靴を履いている気持ちで、居心地が悪い。そしてそんな気分を悟られないよう、早紀子は殊更強引に笑みを形作った。

「何?」

「いつもこんなことしているの?」

探る眼差しを向けられて、狼狽しなかったと言えば嘘になる。

——素性の知れない女の誘いに乗って大丈夫か、彼なりに警戒しているのかも……

病気や特殊な性癖が怖いのは、男性側も一緒に決まっていた。彼は餌をちらつかせられても、簡単に飛びつくお馬鹿さんではないらしい。

その点も、頭が空っぽで女と寝ることしか考えていない輩より好印象だ。

我ながら運がいいと、秘かに早紀子は喜ぶ。諦めかけていたところに当たりくじを引き当てた気分だった。

「まさか。貴方があんまり素敵だったから、つい声をかけただけ」

心の底から本当だ。

けれど舐められたくない一心で、早紀子はツンと顎をそびやかせた。

相変わらず鼓動は疾走するばかり。

酸欠になりそうで、いつしか足の痛みは気にならなくなっていた。そんなことよりも、周囲の景色が変わり、飲食店街からホテル街に変わっていたことに意識の全部を奪われる。

一見普通のホテルと見紛う建物も少なくないが、『休憩』プランが用意されている時点で、目的ははっきりしていた。

そのうちの一つへ、早紀子は誘われる。

足が縺れなかったことは幸いだ。

慣れた様子で部屋を取る彼の後方で、無表情を貫くだけで精一杯。ロビーを観察する余裕も、すれ違うカップルへ視線をやる度胸もなかった。

――こういうところ、初めて入った……案外、普通なんだ……たぶん、最初で最後だろうな……

だったらよく観察しておこうなどと強かにもなりきれず、早紀子は俯いたまま震えを堪える。力を抜くと小刻みに戦慄きそうになる腕を、自らの手でぎゅっと摑んだ。

「お待たせ。五階だって」

「あ、う、うん。あ、料金……」

「奢ってくれるんだっけ？　でもまぁ、いいや。こういう時、女性に出させるのはダサいでしょ。いくら俺の方が年下でも、嫌なんだよね」

さっさと前を行く彼を追い、早紀子もエレベーターに乗り込んだ。

男性にしては細く長い指が操作盤の上を滑る。どこか官能的な仕草に、目が惹きつけられた。

――私、本当にこの人と今から――

「――怖気づいた？」

「え」

愉悦を孕んだ眼差しが、前触れもなくこちらへ向けられた。

とても年下とは思えない落ち着いた様子に、試されているのだと察する。

まだ今なら引き返せるよと――早紀子の覚悟のほどを問われている気がした。

「な、何の話？」

強気に横目で睨みつけ、早紀子は彼を視界から追い出す。そうでもしなければ、『怖い』と本音を吐露してしまいそうだった。

やはり気が変わったと逃げたくなくて、自ら退路を断つ。

丁度エレベーターが五階に到着し、扉が開いたのは、早紀子にとって救いかそれとも。

「……なら、良かった」

そっと背中を押され、廊下に踏み出した刹那、早紀子はもうどこにも逃げ場所はなくなったのだと本能的に悟った。

今のやりとりが、真実最後のチャンスだったのだろう。日常に、何事もなく戻るためのそれを自ら放棄したのだ。その事実を否応なく突きつけられたように錯覚する。

——今更……っ、私が望んだことじゃない。

自分に貼られたレッテルを剝ぎ取るために、何が何でも今夜生まれ変わる。そのために不要な荷物を捨てねばならない。

今後もどうせ足枷にしかならないものなら、綺麗さっぱりおさらばしよう。

足元がおぼつかず夢と現が交錯する。

立ち止まりそうになる足を無理やり動かすことに集中するあまり、早紀子は背後でドアの閉まる音を聞いて初めて、室内に入っていたことに気がついた。

「——ぁ……」

煌々と明かりの灯った部屋の中は、ぱっと見一般的なホテルの客室と変わらない。それでも、中央に鎮座したベッドの存在感が、ここがどこだかを早紀子に思い出させた。

大抵の場合、性的な目的で使用される場所。

先ほどまでとは比較にならないほど心音が高鳴る。

持っていた鞄を適当に放り出した彼が、被っていたフードを頭から落とした。濡れていても、金色に煌めく髪が照明の光を反射し、眩しく感じる。つい早紀子がじっと見つめていると、彼がひどく淫猥に双眸を細めた。

「シャワーとか、必要？」

「え……っ」

一般的な常識が分からず、すぐに返事ができなかった。

素直に言えば、キチンと身体を洗いたい。だが同時に、一刻も早く目的を終え、この場から脱出したい気持ちもあった。

獣の巣に迷い込んでしまったような落ち着かなさが、先刻からどんどん高まっている。じり、と後退りかけた早紀子の身体は、いささか強引に腕を引かれた。

「きゃ……っ」

「いらないか。何か、下手に時間を置くと、お姉さんに逃げられそう」

「……！」

見抜かれている。無意識に及び腰になっていることを。

愕然と見開いた早紀子の視界いっぱいに、整った男の顔が大写しになる。そのまま近づいてくるのを、避けることは勿論、目を閉じることもできなかった。

「……んっ……」

抱き寄せられ感じたのは、濡れた服越しの体温と華奢でありながら力強い腕。

早紀子は呆然としたまま、生まれて初めての口づけに翻弄された。

「ふ、ぁ……っ」

驚きで緩んだ唇の隙間から、肉厚の舌が入り込んでくる。他人に口内を舐められるなんて聞いたことはあっても当然体験したことはない。

だが抵抗すれば、自分が何の経験もないことを知られてしまうかもしれなかった。

それは耐え難いと思い、必死に身体から力を抜く。

息を継ぐ間を探し、唇を解かれた瞬間、思い切り酸素を吸い込んだ。

「んぁ……っ」

「真っ赤になって、可愛いね。サチさん」

見下ろしてくる双眸は男の艶を湛えていた。濡れた唇の端を舐め取る仕草も、卑猥過ぎる。

完全に主導権を握られたのだと分かり、早紀子は彼の胸を押し返した。

このまま好き勝手されるのは我慢ならない。自分を馬鹿にする厚木の視線と眼前の男のものがリンクする。

二度と馬鹿にされないためにこんな無謀なことをしているのに、ここでまた見下されるのはごめんだ。

元来負けん気が強い早紀子は、怯え竦む心を力ずくで捻じ伏せた。

「がっつき過ぎ。これだから子どもは」

捻り出した皮肉はたったそれだけ。

それでも若い男の矜持を刺激することはできたらしい。

余裕綽々《よゆうしやくしやく》だった彼の様子が、微かに変わった。柔和だった眉の形がヒクリと動く。垂れた目尻にははっきりと苛立ちの色があった。

「ふぅん。思ったよりも、勝気なんだね、サチさん」

「乱暴にされたくないだけよ」

平静を装って言い放っても、これからどう振る舞えばいいのか分からず困惑する。

どう考えても彼を怒らせて得なことはないのに、自分は何をしているのだろう。乱れた心がままならず、制御できない。

早紀子は激しく後悔し、いっそ正直に自分が初めてであることを打ち明け謝ってしまおうかとも考えた。

そうすれば、多少は優しくしてもらえるかもしれない。計画では痛かろうが何だろうが最後まで我慢して処女であるのを悟られないうちに終わらせ、即帰るつもりだったが。

――部屋を真っ暗にして、夜明け前に別れれば、きっと大丈夫……その後に私が初めて

だったとバレたとしても、関係ないもの。でもできれば……痛いのは嫌だ……

　どうせ今宵限りの人。

　今後一切、すれ違うこともない。あったとしても、今夜の厚化粧のせいで早紀子の素顔など覚えてはいないに決まっていた。

　刹那のうちに思い悩んだ早紀子は、恐る恐る男の顔を見上げる。

　今からでも言い訳を並べ立て、ご機嫌を取っておくべきかどうか決めかねたまま。

「……っ？」

　だが想像とは違い、彼は少しも気分を害した様子はなかった。むしろ上機嫌に早紀子を熱っぽく見つめてくるではないか。

「悪くないね。そういう意地っ張りな女の人は嫌いじゃない。だから思う存分付き合ってあげる――」

「何、を――ぁ、ふ」

　再度唇を塞がれ、荒々しく舌を絡め合わされた。一度目よりも濃厚に。かつ執拗に。

　歯列を辿られ、粘膜を擽《くすぐ》られる。

　縦横無尽に蠢く彼の舌に、早紀子の逃げ惑う舌は完全降伏せざるを得なかった。

　――息、苦しい……っ
　先ほどはそれでも手加減されていたのだと、ようやく悟る。

今は喰らわれそうな口づけで、抱かれた腰が限界までしなった。そのまま倒れ込んだ先は、ベッドの上。

覆い被さってくる男の表情は影になり、柔和なはずの微笑みが途轍もなく黒く見えた。

「俺を誘惑して煽ったのは、サチさんだ」

目の錯覚に過ぎないけれど、彼がいきなり別人になった気がした。程よく軽薄で遊び慣れていそうな、どこにでもよくいる若者から、底の知れない危険な男に。

「……っ」

早紀子の喉奥で、掠れた悲鳴が音になりきれず消える。

動揺を、掻き集めたプライドで押し隠し、引き攣りかけた口の端を引き締めた。

気圧されてなるものかと、ぐっと奥歯を噛み締める。

──今夜の私は、架空の人物『サチ』。だから普段なら考えないことだって、簡単にできる。年下の子に振り回されて終わるなんて絶対に嫌……！

コンプレックスを捨てるには、勇気を振り絞らなければ、きっとこれまでと何も変えられない。

臆している場合じゃないと自身に言い聞かせ、早紀子は彼の頬を指で辿った。

「思ったよりも、キスが上手くてびっくりしちゃった」

比較対象がない適当な台詞であったが、再び彼の眉がヒクリと動いた。

面白い玩具を見つけた子どものようでもあるし、矜持を傷つけられた男のようでもある。我がことでいっぱいいっぱいの早紀子に判断することは難しい。

しかし優位に立とうとする彼の顔を、少しでも変えられたことが、早紀子の自尊心をいたく満足させた。

——落ち着いてやれば大丈夫……これまでだって、どんな困難な壁も乗り越えてきたじゃない……っ
勉強と努力をして、手に入らなかったものはない。

自分はやればできると何度も心の中で繰り返し、震えそうになる指先で髪を掻き上げた。

「電気消して。それから貴方の服がびしょ濡れで、冷たいわ」

「……仰せのままに」

万が一煌々と明かりが灯った室内のままでは、破瓜《はか》の際出血したら一目瞭然だ。真っ暗闇であればどうとでもなる。それに単純に、明るい中で事に及ぶ度胸はなかった。

この先、いつまで強気な表情を取り繕えるかも判然とせず、諸々見えない方が都合がいいに決まっている。

だから彼が早紀子の提案をあっさり受け入れてくれたことに安堵した。

だが半身を起こした彼は、電気を消す前に勢いよくパーカーを脱ぎ捨てた。それどころかアンダーシャツやジーンズも、躊躇うことなく次々に脱いでゆく。

「濡れた服って、本当脱ぎにくい」

そう呟きながら、あっという間に裸になった彼を、早紀子は唖然としたまま凝視した。

――まさかこんなに堂々と全裸になられるなんて……っ
想定していなかった。驚愕のあまり、瞬きは勿論、目を逸らすこともできない。

細いと思っていた身体は、思いの外がっしりとしていた。長い手足に見合うだけの均整の取れた筋肉が全身を覆っている。

スリムな腹はしっかり割れているし、ほどよく日に焼けた肌も、控えめに言ってセクシーだった。

女性とは何もかもが違う造形。一番の差異は、繁みの下で首を擡《もた》げ始めた男性の証だ。

卑猥で異形。けれど目が離せなかった。

――私が相手でも、ちゃんと反応している……っ
咄嗟に浮かんだ思考に、早紀子は自分が思った以上に厚木の言葉で傷ついていたのだと自覚した。

どうでもいい男のくだらないぼやきと大差がないものでも、的確に早紀子の心を抉ったらしい。

――そうか……私自身が『不要だ』と切り捨てるのと、向こうから切り捨てられるのとでは、全然意味が違うんだ……

たとえ結果が同じだとしても、受ける気持ちが重ならない。

初めて目にする男の楔に怯えつつ、ごまかしようのない歓喜が胸を震わせた。

自分に女性としての魅力が乏しいことは分かっている。それでも、肉欲の発散目的だとしても、こうして欲しがってくれる人は皆無ではないのだ。

「……せっかくだからサチさんの裸も見たいけど……俺はいい奴だから、ちゃんと言うことを聞くよ」

枕元にあるスイッチを彼が弄り、室内は暗闇に沈んだ。

突然の暗転に、光に慣れた目が対応しきれない。早紀子は物の輪郭すら見失い、無意識に片手で枕を握り締めた。

「……お姉さん、大丈夫だよ」

その手を。

大きな掌に包み込まれる。早紀子の不安を宥めるような、落ち着いた頼り甲斐を感じさせるものだった。

「ひどくなんて、しないから」

やはり彼は、早紀子が処女であることを薄々勘づいているのではないか。

そんな可能性に再度思い至り、心の中が騒めいた。複雑な感情は、簡単に整理できない。

恥ずかしいし、もはや意地だ。

――だとしても、引き返せない。……引き返さない。

意を決し、早紀子からももう片方の手で彼の腕を摩る。強張る指先で、拙い誘惑を告げた。

「――こんなの、別に何でもない」

「そうだね。きっとサチさんにとって、珍しくもないありふれた一夜だ」

漆黒の闇のせいで、彼がどんな顔をして言っているのかは不明だ。だが楽しげな弾んだ声音は、存分に伝わってくる。

微かに混じる、苦笑の気配も。

ドッドッと脈打つ心音のせいで、ベッドまで揺れそう。

早紀子がぎゅうっと目を閉じたことを、彼が知る由もない。知られては困るのだから、当たり前だ。

貞操観念が緩い、男遊びが好きな女なら、こんな時に不安を滲ませるわけもなく、平然としていなければおかしい。

間違っても泣きそうに顔を歪め、蒼白になっていてはいけなかった。

「こんなに暗いと、本当に何も見えないな……サチさん、自分で脱げる?」

男の吐息が耳朶を掠めた。

見えなくても、熱や衣擦れ、物音が乏しい情報を伝えてくる。視覚を閉ざされたもどかしい中では、他の感覚が鋭敏になるらしい。

彼の指先が早紀子の襟ぐりをなぞり、軽く下に押し下げてきた。ただでさえ胸元が緩い服のせいで、もしも明るければ下着が丸見えになっていただろう。

悲鳴を漏らさなかったのは、我ながらよく耐えたと思う。

煮え滾る頭では全てが思い通りにならない。早紀子は渾身の力を喉に込め、声帯を震わせた。

「……分かった。待って」

男性の前で服を脱ぐ程度のことでたじろいでいては、この先に進めない。

一度身体を起こした早紀子は、躊躇いを瞬き一つで振り払い、この日のためだけに用意した服を次々に脱いだ。

――考えちゃ、駄目。下手に手を止めたら、余計に怖くなる……っ
戦慄く指先を宥めすかし、最後の下着もベッドの下に放り出す。

なるようになれ。やけっぱちにも似た感情を掻き立てることで、早紀子はギリギリ理性を保っていられた。

「ぬ、脱いだけど……」

「……女性が裸になるのを気配と音だけで察するって、途轍もなくエロいね」

ふ、と風が早紀子の睫毛を撫で、それだけ彼が接近していることを知った。

強張った肩に、大きな掌が置かれる。先刻までとは違い、何も隔てるものがない肌同士が密着した。

ただ手を繋いだ時よりも淫靡な触れ合いに、早紀子の心音が一層加速する。

その上、彼の唇が早紀子の形を確かめるように顔中にキスの雨を降らせてきた。

「……ぁっ……」

額から瞼へ。頬を辿り耳朶を食まれる。顎をさまよい散々焦らされた後、ようやく唇同士が触れ合った。

――気持ち、いい……

口づけを想像していた時は、『知らない人と唇をくっつけるなんて気持ちが悪い』としか思っていなかったのに、彼とのキスは嫌いじゃない。

むしろ無防備な口中を擽られると、官能的な呼気が鼻から漏れた。

早紀子の反応を確かめながら、彼が角度を変え愛撫の強さを変えてくれるからだろうか。

唾液を混ぜ合わせ、やわやわと粘膜を擂られれば、力んでいた身体から力が抜けた。

いつしか再びベッドに押し倒され、仰向けの状態になる。けれど先ほどよりも、早紀子はずっと落ち着いていられた。

「触っていい？」

「駄目だって言ったら、どうするの？」

「ははっ、意地悪だな。どこまで俺を試すつもり？　無自覚だったら、すごいけど」

よく意味が分からないことを言った彼が、早紀子の素肌に触れてきた。左の乳房を片手で包み込まれ、揺らすように揉まれる。

たちまち硬く芯を持った頂が掻痒感《そうようかん》を生み、得も言われぬ疼きに変わった。

「……っん」

「形綺麗だね。肌もすべすべで、柔らかい」

「余計なこと、言わなくていいから……っ」

恥ずかしい実況中継はやめてほしい。それでも自分の身体を褒められたことは、嬉しかった。

真面目や努力家だと言われたことはあっても、容姿や体型で称賛を浴びたことはない。

もっとも早紀子だって、いきなり見た目に言及してくる人間は苦手だ。

場合によっては立派なハラスメント。そうでなくても、外見についてあれこれ口にするのは、品のないことだろう。

——でも、今は悪くない……

互いに素性を知らない者同士、本当の姿なんて何の価値もない。

今夜必要なのは、手で触れられるこの身体だけ。だったら、普段眉を顰める言葉でも、ストンと胸に響いた。

「舐めていい？」

「……いちいち聞かないで……っ、ん、ぁッ」

指とは違う生温かく肉厚なものに乳首が包まれ、ゾクゾクと淫悦が広がる。

サラリとした髪に肌を擽られ、それも新たな悦楽に変わった。右胸をしゃぶられ、左胸の飾りを指先で扱かれる。

双方異なる感覚に、早紀子の下腹の熱がどんどん高まっていった。

「やぁ……っ」

「感度もいい。声も、すごく可愛いよ」

適当な睦言だと思うのに、不安だらけのせいで褒められればホッとする。これで合っていると保証されたようで、恐怖は僅かに薄らいだ。

「――サチさんはさぁ、何でこんなことしているの？」

「こ、こんなって……」

「女性の方がリスク高いでしょ。普通はもっと安全に遊ぼうとするんじゃないの。数は少なくても、女性向け風俗だってあるし」

――そんなもの、知らなかった。え？　世の中には女性向け風俗なんてあるの？

調べれば出てきたのかもしれないが、そこまで思い至らなかった。それに、仮に早紀子に知識があったとしても、利用できたかどうかは別問題だ。

性的なことと一切関わらずに生きてきた自分に、いきなりディープな世界へ足を踏み入れる勇気はない。おそらく今以上に怖気づいてしまうだろう。

店の前までは行けても、それが限界だったと思う。今夜だって彼が早紀子の目の前に現れなければ、そのまま逃げ帰っていたかもしれない。

「……ん、ス、スリルが欲しかったからに決まっているでしょ」

「スリルねぇ……もしも俺に猟奇的な趣味があったら、どうするつもり？」

「えっ」

張りぼての強がりは、恐ろしい単語一つで崩された。ビクリと全身が強張る。

早紀子の動揺は、見えなくても充分伝わったのだろう。クッと男の笑う気配がした。

「――なんてね、安心していいよ、サチさん。俺、リョナとかは好きじゃないから」

「く、くだらない冗談は、好きじゃない」

リョナとかは、の『は』の部分が強調されていたように聞こえたのは、気のせいか。

――今の……どういう意味？　ただ揶揄《からか》われただけ……？

だったら尚更、虚勢を張らなければ。巻き返すつもりで、早紀子は強引に起き上がった。

「わ、いきなりどうしたの？」

「……見下ろされるの、嫌いなの」

手探りで彼の腕を探し当て、早紀子は思い切り男の肩を押した。闇の中、突然加えられた力に驚いたのか、これと言った抵抗もなく青年を仰向けに転がすことに成功する。

すぐさま彼の胴を跨《また》いで乗り上げると、下から愉快そうな笑いが漏れた。

「マジか……これは予想外」

「じっとしてなさい」

早紀子の知識は、本と映像から得たもののみ。

本音を言えば、じっとしていられては困る。さりとて、このまま主導権を握られたままもごめんだ。

半泣きの顔を晒さずに済んでいることに感謝し、早紀子は膝立ちになった。

「私の好きなようにさせてもらう」

「——いいよ。……楽しみだ」

一段低くなった男の声音に、ゾクッと早紀子の背筋が戦慄いた。

何か不味いことをしてしまった予感に襲われ、秘かに喘ぐ。

しかし自身の太腿を、彼の悪戯な手が撫で上げてきたのを振り払った瞬間、覚悟が固まった。

「——勝手に触らないで」

「さっきはいちいち聞くなって言ったくせに。でも、本当面白いね、サチさん」

減らず口を叩く男の両手を押さえつけ、生まれて初めて自分からキスをする。軽く鼻がぶつかってしまったのは暗いせいだと言い訳し、ペロリと彼の唇も舐めてみた。

されたことをそのまま返すつもりで、厚みのある胸を摩る。女性のような膨らみはなくても、男性にだって乳嘴《にゅうし》はある。目的のものを見つけ出し、早紀子は二本の指でそれを軽く摘まみ上げた。

「……っ」

跨《また》がっているからこそ、彼が身じろいだのがつぶさに感じられた。

押し殺した声には、紛れもなく官能の艶が含まれている。そのことに勇気を得、早紀子は伸ばした舌で小さな粒を擽《くすぐ》った。

「っく……」

――男の人でも、こうされると気持ちいいんだ……

彼の綺麗な顔が快楽で歪んでいるのかと思うと、言葉にできない感情が渦巻いた。高揚と言ってもいい。早紀子の胸に宿ったものは、満足感。

昂る興奮に背中を押され、ちゅっと強めに男の肌を吸い上げた。

「サチさん、ちょっと痛い。もしかしてわざと？」

彼に淫猥な掠れた声で言われ、より煽られた。

本気で苦痛を感じているというよりも、戯れの一環に聞こえたせいもある。その証拠に、早紀子の髪を撫でてくれる手はとても優しかった。

「この程度で？」

何も見えない分、強気でいられる。別人の仮面をしっかり被り、早紀子は腰をくねらせた。

「サチさんって、摑みどころがなくて、いいね。俺、そういう意地っ張りで強気な女の人、大好きだよ。――色々したくなる」

「え……？」

主導権を完全に取り戻したと油断したのも束の間、腰を摑まれた早紀子はそのまま横に転がされた。

とは言え痛みは微塵もない。背中がベッドに受け止められ、仰向けに戻されただけだ。

けれど彼の纏う空気が一変していた。

それまでは辛うじて漂わせていた『年下の軽さ』が消え失せる。代わりに立ち上った空気は、重苦しいくらいの雄の気配だった。

「……っ？」

「女性に押し倒されるのも悪くないけど、俺はやっぱり自由に動ける方が好き。本音は顔も見たいけどね。それに――……まぁいいや。サチさんは経験豊富な大人の女だから、たまには俺みたいな男に好き勝手させてくれても楽しめると思うよ？」

色香の滴る声に、早紀子の身体の芯が震えた。

つい先刻まで『負けて堪るか』と燃えていた対抗心が、しおしおと項垂れる。

本能的に敵わないことを悟ったのかもしれない。

もしくは心のどこかで、彼に身を任せたい気持ちがあったのも、否定できなかった。

いくら頑張っても、早紀子の知識は経験を伴わないものだ。頭で理解していたところで、実践はまた別の話。

セックスの仕方は知っていても、具体的にどうすればいいかは未知数だった。

だから彼を押し倒した後の手順は未だ模索中で、内心焦りまくっていたのが本当のところ。

硬くなった男性の屹立が早紀子の太腿に触れ、干上がった喉はあまりにも正直だった。

「……ぁ」

「今夜は俺に任せておきなよ。たまにはいいでしょう？　ね？」

「……そ、そんなに言うなら……仕方ないわね」

気づかれないよう緩く息を吐き出し、余裕ぶった台詞を吐く。

バクバク暴れる心音は今や酸欠を引き起こしそう。早紀子が顔を背けた刹那、下腹を彼の手が撫で下ろしてきた。

「……ふ、ぅ……ッ」

「どこもかしこもすべすべ。ずっと触っていたくなる。綺麗だよ」

「み、見えないくせに」

「うん。でも、その分手触りはいつもより鮮明に感じる。だからサチさんの胸が柔らかくて、理想的な形と大きさなのが、すごく伝わってくるよ」

左乳房に手を置かれ、その下の荒ぶった脈動が彼に伝わってしまうのが不安になった。緊張した肌は汗で湿っている。ごく微かな震えも、勘づかれなければいいと願った。

黒一色の空間で、次にどこを触られるか分からず、感覚が鋭敏になる。

空気の流れ一つにも、大仰に驚いてしまう早紀子がいた。

そんな手探り状態の中、縋れるのは彼だけ。

今夜出会ったばかりの互いに何も知らない者同士なのに、奇妙な話だ。

──相手のことで分かっているのは声や姿形……それから触り心地だけなんて……

だが胸に灯る、絶対的な安心感は不可思議だ。

会社の同僚にも、かつての同級生にも一度だって覚えたことはない。彼らとは、ここまで密着したことも、しようと思ったこともないからか。

初めて抱く思いに早紀子が思考を巡らせていると、彼の指が足の付け根へ潜り込んできた。

「……っ」

自分でも排泄や入浴の際にしか触れない場所を辿られ、思わず悲鳴を噛み殺す。すると早紀子の額に柔らかなものが押しつけられた。

――あ……キス……

今夜覚えたての感触に、強張りかけた四肢が弛緩する。

怖くないよと囁かれた錯覚がした。

「サチさん、もうちょい足開いて」

「わ、分かっているわ」

踵を左右に滑らせて、膝を軽く立てる。秘裂に空気の流れを感じ、眩暈が大きくなった。もう自分の鼓動の荒々しさのせいで、ベッドも揺れてしまいそうだ。

壊れないのが不思議なほど乱打する心臓が、口から飛び出しかねなかった。

花弁を掻き分けた男の指が、壊れ物を扱う繊細さで蜜口を出入りする。痛みはない。ただ違和感が大きく、早紀子の爪先が丸まった。

「大丈夫？　痛かったら言って」

「平気だってば……っ」

「そう？　じゃあもう一本増やしても平気かな」

「え」

言葉通り彼の指が二本に増やされた。

何ものも受け入れたことがない隘路は、その質量に引き攣れ戦慄く。苦しさすら感じ、早紀子は咄嗟に腰を引きかけた。

「――おっと。駄目、逃がさない」

「んぁっ」

淫道の中を二本の指で刺激され、ビクッと手足が痙攣した。まるで電気が通ったかのよう。はくはくと口を開閉することしかできず、早紀子は暗闇で視線をさまよわせた。

――今の……何？

「少し探りたいから、我慢してね」

「探る……？」

「どうせなら二人で気持ちよくなりたいでしょう。――ああ、好きなだけ声は出していいよ。逃げるのは今更許さないけど」

押さえつけてくる手は優しい。全力で抗えば、容易に抜け出せるだろう。それだけの余地は残されている。

だが早紀子の身体は思うように動いてくれなかった。

言われるがまま、逃亡の術を放棄する。何故そうしたのかは、自分でも不明だ。考えることをやめただけかもしれないし、今更無意味に抗う必要はないという計算かもしれない。

どちらにしろ早紀子が全身の力を抜いたことが伝わったのか、彼が微笑む気配がした。

少しずつ暗闇に目が慣れたおかげで、今はものの輪郭程度はおぼろげに見て取れる。だから目を凝らせば、彼の表情を観察することも可能かもしれない。何せ、こんなに密着しているのだ。

それでも、何故か早紀子は彼と目を合わせる気にはなれなかった。

それをしてしまえば、いよいよどうにもならなくなる予感がしたためだ。

何が、かは分からない。しかし踏み込むのは危険。

本能の警告に従って、早紀子はあえて瞼を下ろした。

彼の指先が媚肉を弄る。浅い部分を行き来し、次第に奥へと進み始めた。

「……っ」

流石にぐっと指を挿し込まれると身が竦む。早紀子が眉間に皺を寄せたことは目視できないはずなのに、彼は動きを止め、蜜窟から指を抜いた。

「……？」

「サチさん、あんまり濡れていないね。それに狭い。これじゃあいつまで経っても俺が入れそうもないから、しばらく我慢して」

我慢なら、とっくにしている。

そう言いかけた早紀子は、直後に言葉にならない悲鳴を発した。

「ゃあ……ッ？」

大きく太腿を開かれただけでなく、たった今まで弄られていた場所に、指とは別のものが触れてきたからだ。

「こら、暴れない。大人しくして」

どっちが年長者なのか疑問になる物言いで、彼は早紀子を窘めてくる。まるで聞き分けのない子どもを諭す言い方だ。

しかし本来なら屈辱に塗れるはずの早紀子は、それどころではなかった。

「な、何をして……っ」

生温かく滑る柔らかなものが、不浄の場所へ触れている。あまつさえ、擽るかの如く蠢かされ、敏感な淫芽を転がされた。

「ひ、ぁっ、あ」

「あ、こっちの方がずっと反応がいいね。よかった」

「やぁ……っ、そこで喋らないでぇ……ッ」

股座に降りかかる吐息と振動で、図らずも今どんな状況か理解してしまった。

だが信じられない。信じたくない。

膨れた花芯を突き回されても、ねっとりと嬲られても、『あり得ない』の一言しか思い浮かばなかった。

自分は今、両足を抱えられ、秘めるべき場所を初対面の男に舐められている。

衝撃的過ぎる事実に、いっそ意識を飛ばしてしまいたかった。けれど鮮烈な快感がそれを許してくれない。

「ぁ、ぁああ……ッ、も、や……っ」

頭が真っ白になる。悦楽で塗り潰される。喜悦が膨れ、不随意に下腹が収縮した。

内腿を撫でる彼の髪の感触にすら快楽を拾い、勝手に涙が溢れてくる。早紀子は痛みや苦痛には耐性がある方だと自認していたけれど、こと快感に関しては非常に弱かったと言わざるを得なかった。

気持ちがよくて、何も考えられない。プライドだとか主導権なんて、どうでもいい。

そんなことよりも、『もっとして』とこぼしてしまいそうな自分を戒めるので精一杯だった。

「は……っ、ぁああッ」

擽られ、甘噛みされ、小刻みに揺すられて、淫悦の水位が上がった。

ヒクヒクと爪先が丸まり、シーツに皺を刻む。のたうつように身をくねらせれば、一層強く腿を押さえ込まれた。

「んぁ、あ、ァッ」

じゅっと彼の口内に肉粒を吸い上げられ、早紀子の眼前に火花が散った。

息が、上手く吸えない。心臓が破裂しそう。

見開いた視界は黒一色。それでも、視界の片隅を金糸が掠めた気がした。

「……だいぶ解れた。——ほら、俺の指、動かしてももう苦しくないでしょう?」

「……ひ、ぁ……あ……」

ぐちゅぐちゅと卑猥な水音が奏でられ、体内を掻き回される感覚に、飛んでいた早紀子の意識が引き戻された。

蜜襞を往復する指に媚肉が戦慄く。

違和感は残っているが、それを圧倒的に上回る何かが生まれていた。

ゾワゾワとした疼きが大きくなる。腹の奥が何かを求めてやまない。ただ、切なくて仕方なかった。

「サチさん、まだ理性が保てている今のうちに聞いてもいい?」

「な、何を?」

こんな場面で普通は色々喋るものなのか。分からないながら、早紀子は瞬いた。

「さっきも聞いたけど、何でこんなことしているの? 貴女なら、他に喜んで寄ってくる男がいると思うけど」

「ん、んァ……っ、い、いないから……に、決まっているじゃない……ッ、ぁ、あっ」

つい馬鹿正直に答えてしまったのは、高まる快楽のせいだった。

頭がまともに機能してくれない。考えられないせいで、思ったままを口にしてしまう。

しかもそれを重々理解しているのか、彼の指がより激しく動かされた。

「そんなはずないと思うけど……だってサチさん、魅力的だし」

「ひ、ぁああっ」

「……っ！」

喜悦に浮かされながらも、『魅力的』というワードだけははっきり聞き取れた。ひょっとしたら、それこそ自分が欲しかった言葉なのかもしれない。

馬鹿げている。いらないと興味すら持っていなかったはずなのに。

「——自信もっていいよ、サチさん。貴女はすごく綺麗だし可愛い」

「……っ、誰にでも言っているくせに……っ、ぁ、あっ」

「ははっ、俺のこと何も知らないのに、ひどいな」

的確に弱い場所を責められて、口の端から唾液が伝った。溢れた蜜は、太腿まで垂れている。

こんな戯れの台詞に、早紀子の身体は歓喜し反応していた。

「じゃあさ、もっと自信をつけられるように武装すればいいよ。着飾って綺麗になるのは、別に異性のためじゃない。自分のためだ。化粧もそう。別人になるための儀式みたいなところもある」

「お、女を出すのは、こ、媚びているみたいで嫌なの……っ」

自分は何を言っているのか。愉悦に揉みくちゃにされ、分からなくなる。蜜路を掻き回される生々しい感覚だけが、妙にリアルだった。

「媚じゃない。男が力や体力っていう『男の武器』を使うのが正しいなら、女性も男性を惑わす『女の武器』を使って何が悪いの？」

考えたこともない発想に目が覚める心地がした。

早紀子は今までそんな風に思ったことがない。社会で性差に囚われず対等に生きるためには、女の匂いを消すべきだと考えていた。

新鮮なものの見方に驚く。

自分からは決して出てこない考え方だった。

――この子……見た目と違って精神がとても成熟している……

けれど思考できたのはそこまで。肉壺の中で三本の指をバラバラに動かされ、絶頂に押し上げられる。

指先まで駆け巡る悦楽に、早紀子の全身がビクビクと痙攣した。

「……ぁあああッ……！」

「――サチさん、そろそろ俺も限界……」

艶めいた囁きを漏らされ、きゅぅっと胸の奥がむず痒くなる。自分だけが求めているのではないと、実感できたからだと思う。

早紀子は乱れた呼吸を整えて、握り締めていた拳を開いた。強く力が籠っていたせいか、微かに指先が痺れている。

その手を、暗がりに向け伸ばした。思った通り彼の顔に届き、すり……と頬を摺り寄せられる。

たったそれだけのことで、妙に距離感が縮まった心地になるから不思議だ。

一夜限りの相手に、錯覚でしかないけれど。

「うん、私も――」

「心配しないでも、避妊はちゃんとするから安心して」

ゴソゴソとした物音の後、彼が覆い被さってくる気配がした。

他者の体温を生々しく感じ、陰唇に硬いものが押し当てられれば、早紀子はゆっくり息を吐き出し痛みに備える。

初めては、相当苦痛を感じるものだと噂には聞いていた。

雑誌や映像でしかないけれど、あらゆる媒体がそう言っているのだから、まず間違いなく激痛に耐えなければならないのだろう。

怖くないと言えば嘘だ。

だが世界中の女性が乗り越えられている試練なら、自分にも立ち向かえないわけがない。

――だいたい当初の予定では、強引にでも何でも挿入してもらえば終わりだと思っていたじゃない。それを考えたら、比べものにならないくらいマシな体験だわ……

一応、丁寧に扱ってもらえた気がする。

少なくとも乱暴にはされなかったし、避妊にも気を配ってくれているのだから。遊びの相手への気遣いとしては、上等の部類ではないか。

そんなことを早紀子がつらつら考えているうちに、彼が腰を押し進め、花弁を割り開かれた。

「……っ」

指とも舌とも違う質量が、未熟な肉洞を突き進む。目一杯広げられた蜜口が裂けそうになり、濡れ襞を掻き毟られて、早紀子は必死で口を引き結んだ。

悲鳴だけは、絶対に出してはならない。

もしも「痛い」なんて叫べば、これまでの努力が水の泡だ。

全力で歯を食いしばり、シーツを片手で握り締めた。

「……サチさん、辛い？」

「何でも……っ、ない……っ」

「……本当、意地っ張りだなぁ……」

一言返すのが限界で、彼の苦笑交じりの台詞を聞き取る余力はなかった。

本当は痛くて苦しい。身体を二つに裂かれるのではないかと思うほど。

呻き声さえ上げられず、苦痛の逃し方が分からない。けれど呼吸もままならない口の端にキスをされ、瞬間強張りが僅かに解けた。

「無理しないで。あんまり可愛く煽られると、俺もヤバいし。最初はいい思い出じゃないと、この行為自体が嫌いになっちゃうもんね」

「ふ、ぁ……っ、何、言って……んくっ……」

啄む口づけと、花芯への愛撫を再開され、引いていた愉悦の波が戻ってきた。

身体の奥から、新たな蜜が滲む。滑りが良くなったおかげか彼の動きが滑らかになり、ぐっと上体を倒してきた。

「ぁ、ああ……ッ」

傷痕を抉られる痛みに苛まれ、直後に二人の腰がピタリと重なったのが伝わってくる。

全て受け入れられたのだと思うと、早紀子の目尻を涙が濡らした。

「……は……ごめんね、痛かった？　でも下手に時間をかけるより、一気にした方が楽かなと思って」

「だ、大丈夫だって言っているじゃない。べ、別に初めてじゃないんだし……っ」

「ふふ、だよね？　——ああ本当、サチさんって最高」

乳房や脇腹をそっと摩られ、少しずつ痛みが引いてゆく。彼が動かずにじっとしてくれていたことも大きい。僅かながら余裕が生じ、呼吸の仕方を思い出すことができた。

「……っ、貴方の言っていることって、本当に意味不明……っ」

「そう？　でも簡単に分かり合える関係なんて、つまらないでしょ。人は複雑で面倒なものだから……少しずつ理解し合って、いずれ本当の自分を見せられるようになるまで築き上げるのが面白いんだと思う。俺のことも、サチさんに深く知ってもらいたいな」

これきりの関係なのに、まるで未来があるかのように言われ、早紀子は惑乱した。

けれど、おそらくこれがピロートークと呼ばれるものだろうと判断する。

一時の甘い言葉。この場を盛り上げるための罪のない嘘。

だから本気で聞く必要もない。

そう考えれば、冷たくあしらわれるよりも、悪くない気がした。

「……変な人」

「サチさんも大概変わっているよ。だから俺、興味を持ったんだ。――いつもなら、こういう誘いには絶対乗らないから――」

――サービス精神旺盛だね。

微塵も信じるつもりがなくても、悪い気はしない。早紀子だから誘惑されたと言われた心地がし、女性としての矜持が満たされたからだ。

――流石、モテそうな人は女性の扱いが上手いな……

今夜出会ったのがこの青年で良かったと、改めて心の底から思った。

不要なものを捨てるための思い出としては、きっと最高のものだ。思いの外、いい夜になったと胸中でこぼす。

これから先の人生、こんな経験は二度とないとしても、自信をつけるには充分だった。

「――サチさん、動いていい？」

色香を塗した声音が落ちてきて、一層自尊心が刺激される。一人の男性から求められている喜びに、早紀子は顎を引いた。

「勿論。でなきゃ……終われない」

「ふはっ、だよね。ああもう、本当……サチさん、可愛いね」

年下のくせに生意気だと言い返せなかったのは、心のどこかで『本当の名前を教えればよかった』と掠めてしまったせいだ。

適当な偽名ではなく、せめて本名にちなんだものを名乗ればよかった。そうすれば、もっと胸が満たされたかもしれない。

だが甘い感慨は彼が動き出したことで、霧散した。

「……っぁ、あッ」

まだ硬い蜜洞を抉られると、やはり痛い。それでも、胸の頂を摘まれ、花芽を転がされると、別の感覚が擡げてくる。

引いたはずの悦楽の気配が戻り、早紀子の蜜壺がきゅうっと収斂した。

「……っ、サチさんきつくて、ヤバい……っ、力抜いて」

「あ……っ、分からな……っ、ぁ、あッ」

力んでしまう肢体は自分の意思で制御できず、早紀子は髪を振り乱して首を振った。けれど先刻までの痛みのせいではない。もっと違う、疼く衝動に押し流されそうだったためだ。

ゾワゾワと背筋を駆け上がる掻痒感。下腹に溜まってゆく熱。

痛みの先にある何か。

それらが瞬く間に膨れてゆく。出口を求め荒れ狂うように、早紀子の体内で大きく激しくなっていった。

「はぁ……っ、や、ぁあ……ッ」

腰を叩きつけられる度、粘着質な水音が奏でられる。体内を掘削され、濡れ襞が掻き毟られた。

己の内側を往復する熱杭に意識の全てが持っていかれる。圧倒的な質量は、押し込まれれば苦しく、引き抜かれれば物寂しい。

自然、早紀子は彼の背に両腕を回し、共に腰を揺らした。

「……っ、サチさん……っ」

男の呼気が汗と一緒に降りかかる。揺さ振られる視界は黒に塗り潰されている。それでも夢中で彼の形を両手で確かめた。

「ひ、ぁ、あ……っ」

熱い。二人分の体温が合わさって、更に際限なく上がってゆく。焼き尽くされそうだと思いながらも、分かち合う熱に夢中になる。

男性の硬く大きな身体に包み込まれる安心感は、体験してみなければ知らないままだった。

こんな風に『特別な女性』として扱われることも。

「……ぁ、アッ、何か……っ、変……っ」

「変じゃない。大丈夫だよ、サチさん……ッ」

同じ律動を刻んで、一緒に果てを目指し駆け上がる。

早紀子が彼の広い背中に縋れば、その分沢山のキスを返してもらえた。

隘路が、彼の形に馴染んでゆく。内側から作り替えられる錯覚は、嫌ではない。

「んぁああ……っ」

内壁を彼の剛直で抉られ、奥を突かれる。繰り返すほどに淫悦が増した。

「は……っ」

何かがせり上がってくる。大きな波に呑まれそう。

早紀子が淫猥な予感にブルリと身を震わせると、彼の楔が内部で力強く漲った。

「あ、ぁ……っ、私……もう……っ」

「うん。一緒にイこう？　サチさん」

早紀子がこくこくと頷いたのは、ぼんやり見えただろう。

彼の動きが激しさを増し、肉を打つ音が拍手のように室内へ響いた。

愛液を攪拌され、振動で乳房も揺れる。

「あ――……っ、ぁああッ」

一際鋭く突き上げられ、早紀子は高みに放り出された。

最初の絶頂感よりも、ずっと深い。ビクビクと指先まで痙攣し、爪先が宙を踊った。

「……くっ」

低く呻いた彼に抱き竦められ、更に一段快楽の階を上る。互いの心音が重なって、皮膜越しに彼が欲を放ったことを知り、早紀子は達成感に酔いしれた。

――ああ……いらないものを捨てられたことだけじゃなく……何故だろう。幸せ……

事が終われば冷たくなる男性が多いと聞いていたが、彼は優しく髪を梳いてくれるからか。早紀子にキスをして、労わるように肩を摩ってくれたせいかもしれない。

どちらにしても、夢のような時間だったと陶然とした。

「サチさん、まだ時間はあるから、眠かったら寝てもいいよ」

「う、ん……少しだけ……」

恋人同士じみた空気に、絆されそうになったのはたぶん気のせいだ。だがもう少しだけこうしていたい。どうせ覚める夢なら、ギリギリまで味わいたくて、早紀子は隣に身を横たえた彼の胸へ擦り寄った。

これでもう、誰に嘲られても怖くない。

そう感じながら、早紀子は彼の腕の中で目を閉じた。

2　あの夜の再現

「マネージャー、これチェックしていただけますか」

隣から不意に声をかけられ、パソコン画面に向かっていた早紀子は肩を跳ね上げた。

「あ、すみません。集中しているところを驚かせてしまいましたか?」

半分はその通り。しかしもう半分は事実と違った。

突然声をかけられ驚いたのは本当だが、それは仕事に没頭していたからではない。『彼』の声が耳に飛び込んできたから、吃驚したのだ。

「だ、大丈夫よ。どれ?」

早紀子が和希の指導係を任されてから三か月。

彼は物覚えが良く、仕事の理解力も優れている。更にはコミュニケーション能力が高く、早くも同期の中で頭角を現し始めていた。

他はまだまだ雑用をこなし、新たな仕事を覚えるのに精一杯だが、和希には簡単な仕事程度は任せておける。

もうしばらくしたら、もっと大きな案件を割り振ってはどうかとチーフマネージャーからは言われていた。かなり目をかけているらしい。

そんな部下を受け持つことになり、本当なら早紀子も鼻が高いところなのだが――こうして警戒心を緩められないのが現状である。

――水原さん……私のことは完全に忘れていると思って平気なのよね……?

顔合わせ以来、一度も彼は四年前のことに触れてこない。思い出す素振りさえないのだから、あの夜の女と早紀子が同一人物だとは全く考えもしないのだろう。

――厚化粧していたし、格好だってスーツとはかけ離れたものだったから、当然と言えば当然だけど……安心していいのかな……

隣の席に座る和希をそっと横目で盗み見る。

彼はモデルのようにスーツを着こなし、今日も職場の女性陣の注目を集めていた。

――偶然って、恐ろしい……

和希は新入社員ではなく、去年採用され、一年間は営業部に配属されていたらしい。そこでも卒なく働き、上司や先輩から可愛がられていたそうだ。

取引先からの評判も上々、いずれは営業部のエースになることも期待されていたとチーフマネージャーから聞いている。

しかも最終学歴は誰もが知るイギリスの名門大学。そこを飛び級で卒業し、現地で就職を一度した後、帰国したと履歴書には書かれていた。外見だけでなく、中身も飛び抜けて優秀。瑕疵《かし》が一つも見当たらない。

社内ではかなりの有名人だったようだが、噂話に興味がない早紀子は知らなかった。

誰がイケメンで独身だなんて、心底どうでもいい情報だったためだ。

そんな和希だが、本人の強い希望とあるトラブルも相まって、企画部への異動が決まったということらしい。

――そのトラブルが女性関係というのが何とも……まぁ、彼に非はないけどね……

早紀子はチーフマネージャーから『他言無用』と念を押された一連の『出来事』を思い出し、嘆息した。

――営業事務に配属されていた女性社員が水原さんに熱を上げ、ライバルを蹴落とそうとしたり、就業中に迫ったりしたせいで、部内の雰囲気が乱れたって――すごいな……ドラマみたい。

しかし現実は小説よりも奇なり。

そんなゴタゴタを経て、和希は企画部へ移ることが決まった。

普通なら、騒ぎの元凶である女性社員が処分される。けれど、今回はそう簡単な話でもない事情があった。

何故なら問題の彼女は、実はコネで入社したお偉いさんの娘。そのため極秘裏にかん口令が敷かれ、和希の側が希望部署に異動という形で鎮静化を図るしかなかったそうだ。

——美形も大変だな……

彼にその気がなくても、周囲が放っておいてくれないということか。

目立つ容姿を持っているというのも、いいことばかりではないのかもしれない。

そんなことを思いながら、早紀子は乱れる動悸を落ち着かせようと試みた。

視界の端にチラつくのは、紛れもなく自分の初めてを捨てるため、利用した青年。

あれから四年の年月の間に、彼は一層素敵になっていた。それは認める。

細身だった身体は年相応の逞しさを得、髪色が落ち着いたからか『大人』の空気を醸し出していた。以前はやや軽薄に感じられた雰囲気は消え失せている。

逆に変わらないのは、華やかさと惚れ惚れする秀でた容姿。

つまり端的に言えば、昔よりももっと魅力的になっている。

——私でさえそう感じるんだから、他の女性社員たちがざわつくのも仕方ないな……それにしても、同じ会社に入社しただけでも奇跡的なのに、いい加減ほとぼりが冷めたと思った四年後に再会するなんて……

考えるだけで眩暈がする。運命の悪戯なんて可愛い言葉では言い表せない。むしろ、悪意に満ちた作為だ。

だが起こってしまったことはもうどうにもならず、早紀子はこの三か月間、それこそ薄氷を踏む心地で毎日を過ごしてきた。

上司として和希に接しながら、いつ過去の過ちがバレてしまうかと怯える日々。彼が「あ」なんて発しただけで、何度ビクビクしてきただろう。

我ながら、挙動不審だったと思う。とは言え、勿論動揺を表に出す愚行はしてこなかったつもりだ。社会人として培った外面と上司としてのプライドにかけ、表向きは厳しく指導できたと信じている。

これまで以上に己を律し、一つのミスも犯さないよう全身に緊張を張り巡らせてきた。言動の細部まで気を配り、『あの夜の女』とは欠片も重ならないように。

その成果なのか、三か月間様子を見てきたが和希があの夜の女と早紀子を紐づけることはなかった。

弊害として、社内での早紀子の評判が『厳しい女』としてますます悪くなったけれども。

――そろそろ本気で安心してもいいかもしれない……

あの夜自分が想像した通り、彼にとって一夜の遊びは珍しくもなく、相手の顔を覚える必要もない『ありふれたこと』だったのだ。仮に今後気づかれても、『他人の空似』で押し通せる気がした。

──そうよね……普通に考えて、分かりっこない。うん。これからは怯えないで、しっかり上司として部下を育て上げなきゃ……

和希が優秀であることは間違いない。

おそらく騒ぎがなくても、いずれ彼の希望は聞き届けられただろう。だったら、しっかり指導するのが自分の役目だ。

早紀子はここ数か月の重荷をやっと下ろせる気分になった。

和希は早紀子の顔を覚えていない。それなら、なかったことにしてしまえばいい。

自分と彼は、この職場で初めて出会い、上司と部下以外何ものでもないと割り切ればいいのだ。

「──うん。よく纏まっている。でもここの数字、もう少し具体的にならない？」

「ああ、それは去年との比較なんですが……」

「だったら過去数年間の平均値で出した方がいいわ。できればグラフも添付してあると、説得力がある」

和希がチェックを求めてきた書類に目を通しながら、早紀子は的確に指示を飛ばした。

更にパソコンを操作し、自分用に作成したグラフを呼び出す。

「ほら、こんな感じ。視覚に訴えかける方が、上層部にも伝わりやすい」

「なるほど。ありがとうございます」

飲み込みがいい彼は、すぐに納得したようだ。

自身の端末に向かうと、手早く表を作成してしまった。

「こんな感じですか？」

「……早いね」

しかも早紀子が言った通り、数年分の数値が反映されている。つまり、必要なデータはとっくに整理していたということだ。

――ずば抜けて優秀だわ……気を抜いたらあっという間に追い越されそう……下手したら、最年少チームリーダー記録も塗り替えられるかもしれない。

会社が和希に期待を寄せていることは間違いなかった。だからこそお偉いさんの娘と諍いがあっても、彼を冷遇することなく希望を聞いて、社内に留めようとしているのだろう。将来の幹部候補として。

その思いが浮かんだ途端、チリッと早紀子の胸が焦げついた。

これは嫉妬だと、自分でも分かっている。この会社では女性は出世してもチーフマネージャー止まり。いつか己自身の力でその壁を打ち破ってやると意気込んできたけれど――

――水原さんには、当たり前に用意され、期待されている道なんだ……

和希に仕事を教えることは、きっと早紀子にとっても大きなプラスになるはずだ。だがその先は？　考えまいとしても、醜い感情が拭い去れなかった。

「……ちなみに、お願いしていたもう一つの資料はいつできあがる？　チーフマネージャーは来週でもいいと言っていたけど、一日でも早く欲しいのは分かるわよね？」

「それもうできています。チェックしていただけますか」

ささくれた気持ちのまま口にした、わざと刺々しい言葉に彼は一切動じた様子もなく、さっと眼前に書類を差し出され、早紀子は瞠目した。

「えっ、もう？　いくら早くても、手を抜いていたら意味ないのよ？」

「勿論分かっています。一応自分なりに大丈夫だと思っていますが……目を通してください」

ざっと確認したところ、彼の言葉通り問題はなかった。つくづく有能だと舌を巻く。和希を手放すことになった営業部は、さぞや残念がっていることだろう。

「……ほぼ完成しているわね」

「これも木下さんの厳しい指導の賜物です。ありがとうございます」

さりげなくおべっかまで使える彼の完璧さは、羨ましくもある。そういう器用さを、早紀子は持っていなかった。

「そ、そう――じゃあ、これは後で改めてチェックするとして……少し早いけど会場の下見に行きましょう」

「あ、はい。分かりました」

早紀子が立ち上がると、彼は書類のデータを保存して端末の電源を落とした。

今日は午後から、外回りの予定になっている。

新作インテリアの発表をする会場候補を、三か所見て回ることにしていた。しかも今回は社内独自ブランドが誕生し、十周年記念イヤーだ。例年以上に大切なイベントである。

「急いで」

「はい、すぐ行きます。――あ、ちょっと待ってください」

「グズグズしないで！」

鋭い物言いになってしまったのは、和希への嫉妬が燻《くすぶ》っていたせいだ。

仕事はできても、周囲と軋轢《あつれき》を生みがちな自分との違いを見つけてしまった気分が、早紀子を攻撃的にしていたのは否めない。

当然、直後に『あの言い方はない』と後悔したが、もはや手遅れ。フロア内は一瞬シンと静まり返った。

――やってしまった……。

自分が苛立つ原因は、彼が悪いわけではないのに。大人として、社会人として最悪だ。

気まずさから逃げたくて、さっさとフロアの出口に向かう早紀子の後を、荷物を纏めた和希が追いかけてきた。ジャケットを脱いでいた分、もたついているらしい。だが今更待つこともできない。

その時、振り返りもせず前を行く早紀子の耳が、聞こえるか聞こえないかの囁きを拾った。

「……流石、木下女史。厳しい」

「水原さん、可哀想……扱かれている」

この程度の言葉は悪口でも何でもなく、常日頃からあちこちで交わされているものだ。早紀子は自分に厳しい分、他者にもストイックな努力を求める。それについて行けない者もおり、称賛半分皮肉半分の『女史』呼びだった。

その上、色々疚《やま》しい和希に対しては、殊更きつく接してしまっている自覚がある。故に『可哀想』という評価は、あながち間違いではなかった。

「お待たせしました、木下さん」

「……マネージャーって呼べと言っているじゃない」

「あ、すみません。つい……」

エレベーターを待つ間に追いついてきた彼が素直に頭を下げる。

何でも器用にこなす和希だが、早紀子の呼び方だけは一向に直らなかった。注意すれば『マネージャー』に改められるものの、しばらくするとまた『木下さん』に戻ってしまうのだ。

他の役職持ちにはそんなことがないのに、どうにも解せない。

そのせいで初めの頃は随分ヤキモキしたものだ。ひょっとしたら四年前のことを、遠回しに匂わせているのではないかと。

——まぁ、今はそんなことないと分かってきたけど……

あの夜、早紀子の偽名を信じ『サチさん』と呼びかけてきた声が、名字とは言え、本当の名を口にしてくることに戸惑いを隠せない。

当時は予想もしていなかった。

かつて本名を名乗れば良かったと一瞬でも考えたことを忘れ、早紀子は深々と嘆息する。悩みは尽きない。しかしもういい加減割り切らなくては。

——よし、これからはもっとビシバシ行こう。そうすれば彼だって余計なことを思い出す暇もなくなるはずだわ。

あえて厳しい上司になることで、過去の女とかけ離れた存在になってしまえば、より安心できる。

そんなことを考えながら、社外に出た早紀子は地下鉄の入り口へ向かった。

三か所目の候補会場を見学し、担当者と話を終えると、十九時過ぎになっていた。

これから帰社すれば、かなり遅い時間になってしまう。幸い、本日最低限終わらせたかった業務は片づいていた。

だがいつもの自分なら、考えるまでもなく即会社に戻り、今日の資料を纏めるところだろう。しかし今夜は隣に和希がいる。

人件費削減、無駄な残業禁止が叫ばれる昨今、上司自ら悪い見本を見せるわけにはいかない。そうでなくとも、定時はとっくに越えていた。

――仕方ない。彼を直帰させた後に会社へ戻るか……ちょっと頭を冷やしたいし……

先方との別れ際、言われた一言が早紀子の頭の片隅にこびりついている。

あちらはきっと、何気なく放った言葉。当人は既に覚えてもいないのではないか。

それでも早紀子の胸を鈍く軋ませるには充分だった。

――『いい新人が入ったじゃないですか。これで木下さんも、安心して結婚できますね』

深い意味はない可能性もある。あちらはセクハラだとも思っていないだろう。挨拶代わりにこの手の発言をする人は、残念ながらまだ少なくない。

――駄目だ。このところずっとピリピリしていたから、不安定になっている……ああもう、こういうことを考える自分が一番嫌。やっぱり指導担当を変えてもらえないか、チーフマネージャーにまた相談してみようか……

実のところ指導担当変更に関して数日前にも話はしたのだが、その際は断られていた。

和希が近くにいるのは、精神衛生上どうにもよろしくない。

嘆息交じりに時計を確認した早紀子は、解散を告げるつもりで顔を上げた。だが。

「木下マネージャー、夕飯食べに行きませんか？」

「え」

予想外の発言に、目が丸くなる。

夕飯は、栄養補助食品で済ませるのが早紀子の通例だった上、あまり人から食事に誘われたことがないので、一瞬何を言われたのか不可解だった。

「夕飯……？」

「はい。木下マネージャーももう帰りますよね？　だったら一緒に行きましょう」

早紀子がこれから会社に戻るつもりだとは知る由もない和希が、欠片も悪気がない笑みを向けてきた。

いっそ圧力を感じるほどの笑顔だ。これでは、『私は戻る』とは言いにくい。

けれど早紀子はやんわりと断るつもりで、言葉を探した。

「私は――」

「今日は色々ありがとうございました。すごく勉強になりました。ですが二か所目の会場の件で、是非教えていただきたいことがあるんですけど。あそこは立地もいいしコスパも悪くない。でも実際拝見して、予定しているイベントには少々手狭だと感じました。ですが木下さんはそんなこと想定内ですよね。だったら、何故候補に入れてらっしゃったんですか？　それも一番気に入っていらっしゃるように見えましたが」

いちいち真実を言い当てられ、早紀子は思わず圧倒された。

よく考えている。それに観察眼も相当なものだ。

「あ、ああ……貴方の言っていることはもっともだわ」

「詳しく説明してくださいませんか。木下さんの考えをきちんと理解した方が、仕事も早く覚えられるしサポートできると思います。いつまでも貴女の後をついて行くだけで終わりたくありません。ですから夕食がてら、もっと教えてください」

いつの間にか、呼び方が『マネージャー』から『さん』に戻っていることを指摘する余裕もない。

押し切られた勢いで、早紀子はつい頷いていた。熱心な部下を無下にはできない。

「わ、分かった。じゃあ駅前のお店にでも――」

「少し静かなところがいいですよね。資料も広げたいし。この近くに個室があるお勧めの店を知っています。そこへ行きましょう」

無邪気にも見える微笑みを向けられ、半ば強引に行き先が決められていた。口を挟む隙が見当たらない。

――仕事でも決断が速いと思っていたけど、水原さんって意外に押しが強い。

思い返せば、四年前もそうだったと考えかけ、早紀子は慌てて頭を振った。

あの夜の記憶は封印しなければ。なかったことにすると決めたはず。それが誰にとっても平和な解決策に決まっている。

——私たちは、職場で初めて顔を会わせた、ただの上司と部下。絶対にそれ以外であってはならない。まずは私自身がしっかりしないと……！

何度も己に言い聞かせ、早紀子は歩き出した。

「ち、近いの？」

「ええ。十分もかかりません。一本大通りから逸れるんで、初めて行く方には分かりにくいかもしれませんが」

「へぇ……」

そんな隠れ家的な店に出入りしているのかと、意外に感じた。

しかも個室があるなら、そこそこ高い店ではないのか。二十代前半の若者には敷居が高過ぎるのではないかと訝る。

——ひょっとして、私に奢らせようって魂胆？　まぁ、一度くらい構わないけど……

ここぞとばかりに上司である自分へ集るつもりなら、たいしたものだ。これが世代間ギャップか。若い人の考えは、もう早紀子にはよく分からない。

妙に堂々とした様子の和希の背中を盗み見て、早紀子はこっそりと息を漏らした。

──私たちの時代は、上司と食事なんて、仕事の途中仕方なくでもない限り、行きたくなかったものだけど。飲み会も無駄だと思っていたしね……今の子はまた違うの？

勤務後まで上下関係のある社内の人間と顔を突き合わせるのは、早紀子には苦痛だ。仕事上必要とあれば参加するが、そうでないなら極力お断りしたい。たとえ奢ってもらえるとしても、面倒だとしか思えなかった。

ましてニ人きりなんて、論外だ。

公私の区別をハッキリさせたいこともあり、これまで同性同士でも早紀子は会社の人間と業務時間外に出かけたことはなかった。

「──ここです」

年齢差をしみじみと感じながら思考に耽っていた早紀子は、突然立ち止まった和希に少なからず驚いた。

彼が指し示した建物は、一見するとレストランには見えない。お洒落な一軒家、といった風情だった。

玄関までのアプローチは石畳になっており、左右に花が沢山咲いている。

可愛らしい照明が足元を照らし、煉瓦造りの建物を幻想的に浮かび上がらせていた。

おそらく前を通っても、『ガーデニングが趣味のお家なんだな』と微笑ましく感じて、店だとは思いもよらないと思う。

何せ看板一つ出ていない。民家にしては、ドアが大きいなという印象を抱く程度だ。

「ここ？　普通のお家に見えるけど……」

「会員制のレストランなんです。静かだし、味は保証しますよ」

「会員制って……え、急にフラッと来て入れるものなの？　予約もしていないのに……」

「ここの経営者が、俺の友人なんです。さっきメールしたら、空きがあると言っていました」

――いつの間にメールを……いや、それよりも友人？　だったらまだ二十代前半なんじゃない？

その若さで都内の閑静な住宅街に店舗を設けるとは、随分なやり手だ。料理人としてどれだけ優秀でも、普通はまだ修業中の身ではないのか。

「……お友達、随分年上なの？　それともかなり若いうちに料理の道へ進んだとか？」

「あ、友人はあくまでもオーナーなので、シェフは別の方を雇っています。それから彼は俺と同じ年ですよ」

――ええ？　オーナー？　水原さんと同じ年ってことは二十三歳のはず……それで、こんなに素敵なレストランの経営をしているの？　それって……

「友人は他にも数店舗持っています。ここが一番新しい店かな」

どんな交友関係だ。驚き過ぎて言葉も出ない。

世の中には早紀子には計り知れない財力や人脈を持つ若者がいるらしい。そしてそんな相手と友人だと言う彼が、突然得体の知れない人間に感じられた。

——そう言えば私、水原さんについて何も知らないな……

むしろ知らないように耳を塞いできた。指導係として履歴書に書かれていた最低限の情報は頭に入れたが、それ以外については不要なものだ。

下手に見聞きしない方が、動揺させられることもないと考え、意識的に遠ざけてきたのは間違いなかった。

「さ、入りましょう。木下さん」

和希に背中を押された早紀子は、困惑しながら店内に入った。

「——いらっしゃいませ、水原様。お待ちしていました。本日オーナーはおりませんが、私が案内させていただきます」

壮年の男性がスーツ姿で迎えてくれ、早紀子は思わずたじろいだ。

店構えからもう少しカジュアルな雰囲気を期待したが、店内は落ち着いた内装だ。何よりも従業員たちの立ち振る舞いが、一流であることを伝えてくる。

——これは……絶対に高い。

速やかに通された個室は、二人きりで使うのが申し訳ないほど広かった。

置かれた調度品も、本物のアンティークだと思われる。

それどころか窓や天井なども、あえて古い硝子や板材が使われている気がした。加工では出しきれない重厚感や歪みが、そこかしこから感じられたためだ。

「この建物自体、かつては好事家の別荘だったものを移築したそうです」

「そ、そうなの……」

早紀子の疑問に答えるように補足され、曖昧に返事をすることしかできない。内心では動揺が吹き荒れていた。

——僅か二十三歳でここまで拘り抜いた店を持てる友人っていったい……しかも他にも店を経営しているって言っていたよね……？　まぁ、私には関係ない話だけど……

気にならないと言えば、嘘だ。

それでも首を擡げる興味を捻じ伏せ、早紀子は手渡されたメニューに視線を落とした。だが、ここで更なる動揺を与えられた。

——金額が、書いていない。

店によっては、男性側のメニューにのみ料金が書かれている場合があると、聞いた覚えがある。これは店舗スタッフがデートか何かだと勘違いして、いらぬお節介を焼いたのかもしれない。

そう考えた早紀子は前に座る和希をちらりと窺った。

「決まりました？」

落ち着き払った彼に、気負った様子は微塵もない。店の雰囲気から浮くことなく、逆にとても馴染んでいた。

――まるでしょっちゅう来ているみたいな……まさかね。

馬鹿げた思考を振り払い、早紀子は和希が持つメニューをどうやって見せてもらおうか悩んだ。

一言言えばいいだけなのだが、それはそれで店に対してミスを指摘しているようで申し訳ない気もする。

あれこれ考えた結果、纏まった出費は仕方ないものと割り切った。

――たまには贅沢するのもアリよね……うん、そう考えよう。きつく当たってしまったお詫びに、ガツンと奢ってあげるわよ。

ほぼ無理やり自分を納得させ、アルファベットが並ぶメニューに視線を落とす。一応、日本語での解説も添えてあるのだが、『よく分からない』のが正直な感想だ。

――どうしよう。適当に選べばいいか……

「結構お腹が空いているので、コースでいいですか？　好き嫌いがあれば言ってください。飲みものはこれで」

どうやらワインリストも和希に手渡されていたらしい。

早紀子に質問しながらもサクサク注文を決めてゆく彼を、案外図々しいなと苦笑しつつ、早紀子は頷いた。

こうなれば、思いっきり飲み食いして楽しんでやる。腹を括れば、せっかくの雰囲気がいい店を味わう気持ちに切り替えられた。

「――ここ、よく来るの？」

「何度か。友人たちと集まることもあります」

「ここで？　水原さん、いいところの人なの？」

「違いますよ。たまたま友人にそういう人たちが多いだけです」

サラリと躱《かわ》された気もするが、それ以上深く追究するつもりもない。

プツリと会話が途切れた気まずさを紛らわすため、早紀子は昼間見て回ったイベント会場の資料を取り出した。

「二つ目の会場を気に入っている理由を知りたかったのよね？」

「はい。でも食前酒が来ました。まずは食べてからにしませんか」

そう言われてしまえば、隙なくテーブルセッティングされた上に、仕事の資料を広げるのは躊躇われた。

仕事の話をするため、こうして時間を割いているのに、本末転倒だ。しかし恭しい仕草で給仕してくれるスタッフの手前、早紀子は手にしていた資料をひとまず片づけた。

「じゃあ、木下さん。乾杯」

何に？　と思わなくもないが、軽くグラスを掲げた彼はあまりにも様になっていた。所作が綺麗で、付け焼き刃には見えない。

むしろ早紀子の方が、この場にそぐわない気がして、反射的に背筋を伸ばした。

カットグラスに注がれたアルコールは、淡い薄桃色をしている。

見た目も香りも、それだけで極上の品だと感じられた。鼻に抜ける薫り高さに目を細め、口に運べば、さっぱりとした甘さが広がった。

「……美味しい」

「良かった。小さな酒造会社から特別に仕入れているものです。他には出回っていないので、これ目当てに来るお客さんも多いそうです」

友達の店の話にしては随分詳しい。それだけ仲がいいのだろう。今夜こうして突然押しかけ、コース料理を振る舞ってもらえる点からも、特別親しいことが察せられた。

「料理も期待していいですよ」

にこやかに微笑んだ和希の言葉通り、前菜から始まった料理はどれも素晴らしかった。

特にメインの鹿肉は絶品で、思わず早紀子の頬も緩んだほど。

フルコースは流石に食べきれないので、ハーフコースだったのは幸いだった。

デザートまで心ゆくまで味わって、一息。

あまりにも素晴らしい料理の数々に、ついついワインの杯を重ねてしまった。

酔いが回っているのを自覚しながらも、早紀子はそろそろ仕事に頭を切り替えようと、資料を収めた鞄に手を伸ばした。

「……木下さんは、本当に仕事中毒ですね。放っておくとろくに食事もしないことが、この三か月で分かりました」

「失礼ね。ちゃんと時間ごとに何かは口に入れているでしょう」

「栄養補助食品は、あくまでも『補助』ですよ。主食ではありません」

口調は穏やかながら部下に窘められ、面白くはない。

早紀子は資料を探っていた手を止め、和希へ視線をやった。

「そのことで、貴方に迷惑をかけたことはないはずよ？　個人的なことに口を挟まないでくれる？」

「……部下として上司の身体を心配してはいけませんか？」

可愛げのない早紀子の言い方とは真逆に、愛嬌のある困った顔を向けられ、余計に罪悪感と劣等感が刺激された。

何も取り繕わず言えば、自分は彼が心底羨ましいのだと思う。

能力のあるなしは勿論、コミュニケーション能力の高さも。幅広い人脈を築けるというのは、裏を返せば人望があるという意味にもなる。

これだけ華やかな外見をしていれば、容姿を嘲られることもないだろう。実際、四年前のことからも、早紀子とは比べものにならないほど経験を積んでいるはずだ。

その上、和希は男性——早紀子の勤める会社は男性の育休取得を推進しているし、女性管理職も増えつつある。それなりに働きやすい職場だ。だが、見えない天井があるのも事実。

数日前、職場復帰した掛井に当初の予定通り和希の指導を任せてはどうかとチーフマネージャーに進言したところ、あえなく断られた。

理由は、『彼は忙しい』。

——私だって暇なわけではないのに……

つい、性差が理由かと訝ってしまう。それだけならまだしも、先日の人事発表で、早紀子とは因縁がある厚木のマネージャー昇進を知った。

勿論、厚木だって真面目に働き成果を出せば、評価されるのが当たり前だ。けれどこれと言って結果を残しているのでもないのに、自分と同じ役職になるのは納得がいかなかった。

早紀子は人の何倍も努力して、今の地位を築いたつもりだ。対して厚木は——

——私、酔っている。こんなみっともないことを考えるなんて……

努力だけでは摑めないものを見せつけられ、嫉妬している。

アルコールのせいで、いつもより自制心が脆《もろ》くなっているのかもしれない。普段ならポーカーフェイスで通せるところを、眉間に皺が寄ってしまった。

「――私、仕事とプライベートは完全に分けたいの。私の自己管理は貴方に関係ないでしょう？」

我ながら冷淡過ぎる言い回しには、嫌悪感が込み上げた。

こんな風に嫌味ったらしく接するつもりは流石になかったのに、自分でも気持ちを持て余している。

――駄目だ。落ち着かなきゃ……水原さんは何も悪くないのに、私だけが一人で冷静じゃなくなっている……

これではいけない。今夜のところは、もうお開きにした方がいいかもしれない。これ以上の醜態を晒さないうちに。

「……ごめん、疲れたから今日はこれで終わりにしましょう。質問には明日答えるわ」

吐き出すように言って、席を立つ。伝票の類が見つからなかったが、会計で告げれば大丈夫だろう。

早紀子は一刻も早くこの個室から出たくて、和希に背を向けた。

その時。

「――また逃げるの？　サチさん」

ひゅっと鳴った喉は、悲鳴を漏らさないだけマシだった。

背後から聞こえた言葉は、ちゃんと耳に届いている。聞き間違いでも幻聴でもない。紛れもなく、彼が発したものだ。

それでも頭が理解を拒んで、上手く咀嚼《そしやく》できない。

早紀子は愕然としたままその場に凍りついた。振り返らなくてはと思うのに、身体が一向に動いてくれない。

首も足も、全てが固まってしまったよう。

ただしばらくすると、指先が小刻みに震え始めた。

「四年前も俺が起きる前に逃げ出して、今回も俺を置き去りにして行っちゃうの?」

責める言葉とは裏腹に、和希の声音には楽しげな響きがあった。さながらこの状況を面白がっている。

愉悦の滲んだ様子に、早紀子はぎこちなく首を巡らせた。

「……何の、話?」

ひどくひび割れた声にはなったが、どうにか知らぬ振りを押し通す。

そんな早紀子の渾身の努力を嘲笑うかの如く、彼は口元を綻ばせた。

大輪の花が咲き誇る錯覚に陥るほどの、艶やかな笑み。華やかな表情は、見る者を惹きつけてやまない。

同時に、綺麗な花には棘があることを、鮮烈に思い出させた。

「忘れた振り？　それともとぼけているの？　いいね、そういう態度サチさんらしくて好き」

上司に対しあまりにも砕けた物言いを、注意することにも思い至らない。

立っているのが困難になり、早紀子はよろめいた拍子に足首を捻りそうになった。

「危ないな。座ったら？」

和希の視線一つで操られ、早紀子は先ほどまで座っていた椅子に腰を下ろした。いや、実際は腰が抜けたのかもしれない。

膝はガクガクと戦慄いて、とても身体を支えられそうもない。

冷たい汗が背筋を伝い、忙しなく瞬くことしかできなかった。

「これで落ち着いて話ができる。顔色が悪いけど、水でも貰う？」

ごく軽い調子で言われても、この場の雰囲気が和らぐことはあり得ない。

むしろ脅迫されている心地が増すだけ。いや、唐突に変わった彼の纏う空気は、確実に不穏な色を孕んでいた。

「どう、して……」

「今更、昔のことを蒸し返したのかって？　だって、サチさんは俺に思い出されたら困る様子だったし……何よりも、必死になっている貴女が可愛かったから、もうちょっと見ていたかったんだ」

四年前と同じ気安い話し方は、早紀子の耳にも明るく届いた。けれど欠片たりとも和むものではない。

急に重力が増したような部屋の中、早紀子は揺れる視線を和希へ据えた。

「いつから、気づいていたの……っ」

「勿論、初めから。あの時のサチさん、驚き過ぎてクールな仮面が外れていたね」

上手く息が吸えないのは、おそらく、獲物をいたぶる視線に搦め捕られているせいだ。身動きすら許されず、早紀子は彼の眼差しに射貫かれた。

垂れた瞳は柔和に細められているのに、少しも『優しげ』には見えない。双眸の奥に光の差し込まない歪みを垣間見た気がした。

もはや知らぬ存ぜぬを貫く気概はない。

そうしたところで、薄っぺらな早紀子の嘘など、簡単に看破されてしまうだろう。それに真実は誰よりも自分が知っている。

万が一騒ぎ立てられれば、不利になるのは早紀子自身だった。

「――最初はサチさんからいずれ言い出すかなと期待していた。でもどうやらその気はないみたいだし……だったらいつまでごまかすつもりなのか、付き合ってあげるのも悪くないと思ったんだけど……サチさん、俺のことを遠ざけたがっているでしょう？　それはちょっと、面白くないかな」

軽く首を傾げる仕草は、女の目から見ても可愛らしい。

だが危険な光が揺らめく両目が、和希を妖しく彩っていた。

「チーフマネージャーに指導担当を外してほしいって言っていたの、知らないとでも思っていた？　他にも極力俺との接点を減らそうと頑張っていたね。もっとも、仕事はきちんと教えてくれるところは、流石と言う他ないな」

水面下で動いていたつもりなのに、全て知られていたのか。

早紀子は座っているのに、グラグラと眩暈がした。

「無害な部下を演じるのも楽しかったけど、そろそろ飽きた。このまま『なかったこと』にされるのは、流石につまらない。この三か月黙っていたのは、俺なりにチャンスをあげていたつもりだったのに」

立ち上がった彼が、テーブルを回って早紀子の脇に立った。

すぐ隣に接近されるまで動けなかったのは、完全に身が竦んでいたからだ。

見上げた先には、うっそりと微笑む男がいた。

「サチさん、徹底的に俺を忘れようとしていたね。それは、反則でしょう。四年前より意地っ張りになった？」

明るくハキハキした青年の皮をかなぐり捨て、眼前にいるのは有能な部下ではなかった。

かつての遊び慣れた風情の男性でもない。

もっとずっと危険な獣。

早紀子に襲いかかるタイミングを狙う、肉食獣のそれだった。

「貴女が俺とのことを消し去りたいなら、むしろ思い出させてあげる」

整った顔立ちの笑顔に釘付けになる。テーブルと早紀子が座る椅子の背もたれに左右の手をついた和希が身を屈め、二人の距離がぐっと近づいた。

腕の檻に閉じ込められたと気がついた時にはもう遅い。

立ち上がるタイミングを逸し、早紀子は瞬くこともできなかった。

「……っ」

「そんな怯えた顔しないで。――ゾクゾクするから」

愉悦の滲んだ唇が下りてくる。

目を逸らすこともできずに、早紀子は固まっていた。

辛うじてできたのは、ほんの少し背を仰け反らせることだけ。けれどその程度の抵抗は、していないのも同然だった。

互いの唇が触れ合う。四年振りの口づけは酒精の味が鼻に抜けた。

「……んっ、ぁ……」

何度も角度を変え、唇を貪られる。開いた歯の隙間から忍び込んだ舌に、己の舌が搦め捕られる。早紀子が息を継ぐ間が分からず酸欠になりかけた頃、ようやく彼の顔が離れていった。

「可愛いね、サチさん。――ああこれからは、早紀子さんって呼んでいいよね？」

拒否を許さない問いかけは、命令も同じ。

大きく目を見開いた早紀子の視界の中、和希が濡れた己の唇を親指で拭った。

滴るほどの色香に掠れた息が漏れる。

以前、秘かに本名を教えなかったことを悔やんだものの、まさかこんな形で呼ばれることになるとは、夢にも思わなかった。

それも、これは確実に悪夢だ。

「安心して。これまで通り会社ではちゃんと上司として敬うし、真面目に働く。でもプライベートでは早紀子さんが俺の言うことを聞いてくれるでしょう？　――俺も、仕事とプライベートは完全に分けたいタイプだから、気が合うね」

するりと撫でられた頬が、火傷するかと思った。

いっそ全てが夢だったらいいのに。悪夢でもいい。いずれ覚めてくれるなら、何でもよかった。

救いを求める心地で、早紀子は微かに首を左右に振る。

そんなことはできない、したくないという意思を込め、彼の手から少しでも離れようと足掻いた。

だが全ては無駄でしかない。

「逃げたら、余計に追いかけるよ?」

早紀子の後頭部に添えられた和希の手が、片手で器用にバレッタを外した。

纏められていた髪が解け、肩に落ちかかる。癖のついてしまった髪先を彼が弄るのを、早紀子は呆然と見守ることしか許されなかった。

「あの時はもっと長かったし、パーマでもかけていたの? もしかしてウィッグ? でも黒髪ストレートの方が早紀子さんには似合っている」

指に巻きつけた毛束にキスをされ、されるがままもう一度唇へ口づけられた。今度は後頭部を押さえられているせいで、一層深く喰らわれる。

ざらつく舌同士を摺り合わされて、長らく忘れていた淫悦を強引に揺り起こされた。

「ゃ……っ、ぁ……」

「キス、相変わらずたどたどしいね。昔も必死にごまかしていたからあえて言わなかったけど……あの時早紀子さん全部初めてだったでしょう?」

確信を持った物言いに、反論の術はなかった。

そうでなくても、あの日ホテルに置き去りにした和希が、明るい中でシーツを見れば一目瞭然だっただろう。そこには、早紀子の純潔の証である血の痕が残っていたはずだ。

「俺、貴女みたいなしっかりしていて普段はキリッとした女性が大好きだよ。自分好みに鳴かせて喘がせてみたくなるから――」

「……っ?」

耳を疑うことを告げられ、早紀子は咄嗟に彼の手を振り払った。あまつさえ、鋭く睨み返す。

しかし指先に走る痛みと痺れに、大いに焦った。下手に和希を刺激するのは得策ではない。どう考えても、今は自分の方が不利だった。ならば彼の思惑をまずは探った方がいいのではないか。

瞬時に頭を働かせ、早紀子が恐る恐る視線を泳がせれば。

「……本当、早紀子さんって最高に面白い。こういう状況でもまだ折れないなんて、俺の理想通りだよ」

恍惚の表情で頬を赤らめる和希が赤い舌で口の端を舐めた。

その双眸の奥に、危険な光が揺れている。

軽薄な若者ではない。有能で気が利く部下でもない。

生々しいほど『男』の瞳に串刺しにされ、早紀子は呼吸を忘れた。

「本当は、貴女が何かアクションを起こすまでじっくり待つのもいいと思っていたんだけど……早紀子さん、俺から離れる気満々だったでしょう? それも、できるだけ早く。だったら俺も大人しく待っていてあげられない」

その言い草は、慈悲を垂れてやっていたのに、早紀子が彼の優しさを理解していなかったと言わんばかり。

見下ろされているのが不快で、何か反論せねばと心は急く。でないと、この空気に押し潰されてしまいそう。

どんどん圧迫感と息苦しさが増してゆく。

だが騒ぐ心を裏切って、和希を見上げる早紀子の瞳には動揺と怯えが滲んでいた。

それでも、視線を逸らすことだけはしたくない。

どちらが優位な立場か明確にされ、気圧されても、それをしてしまえば負けを認めたことになる。仮にとっくに勝敗がついているとしても——なけなしのプライドを手繰り寄せ、早紀子は崖っぷちで足を踏ん張った。

——駄目……このままじゃ、呑まれてしまう……っ

どの選択肢が一番マシか。

もはや無傷でいることは不可能だ。ならば最悪の中でも最善の道を選ぶしかない。

この場合、早紀子にとって一番守りたいのは、社内での立場。それ以外を犠牲にして守れるなら、どれも安いものだと思えた。

「……っ、何が、望みなの……っ」

絞り出した声が掠れないよう、渾身の力を喉に込める。

震える拳は、全力で握り締めることでごまかした。

「――話が早いね。頭のいい女性、好きだよ。いつだって感情的にならず、理性で自分を制御する人は、魅力的だ。――すごくゾクゾクする」

壊してみたくなるから――と耳元で囁かれ、早紀子は瞠目した。

今まで、嫉妬や嘲りを向けられたことは数えきれないほどある。

だが、厚木のように分かりやすい悪意をぶつけてくる相手はまだマシなのだと思い知った。

得体の知れない何かに搦め捕られた心地で、指一本動かせない。

己の顔のすぐ隣に和希の顔があるのに、今は横を向く勇気が湧いてこなかった。

早紀子よりも七つも年下の男性に転がされ、主導権を握られて、首に縄をかけられた気がするのは、おそらく思い違いではない。

恫喝《どうかつ》されてもいないけれど、これは間違いなく脅迫だった。

ペロリと耳朶を舐められ、生温かい吐息を耳穴に注がれる。掻痒感と仄かな高揚が掻き立てられ、早紀子自身混乱した。

やめてほしいのに、制止できない。震わせた喉は、無力だった。

「――会社に知られたくないんでしょう？　秘密にしてあげる。生真面目な貴女にとっては、遊びで俺と関係を持ったのは、黒歴史でしかないみたいだし……こうして現在は上司と部下ってのも、都合が悪いよね？　それとも……経験が少ないことを知られたくない？」

ものの見事に痛いところを突かれ、心臓が握り潰される錯覚に陥った。

全て、把握されている。早紀子の後ろめたさも、後悔も。そして不安も全部。

被さるように接近してくる彼の身体に閉じ込められ、無為に唇を開閉した。もしかしたら、悲鳴を上げたかったのかもしれない。泣き言や懇願を言いかけたのも否定できない。

けれど早紀子は結局、ぐっと唇を引き結んだ。

弱々しく和希に屈服するのは、自分自身を許せない。たとえ手も足も出ない完敗状態だったとしても、最後まで情けなく這《は》い蹲《つくば》るような真似はごめんだった。

「……それで、私にどんな対価を求めているの？　お金？」

彼を出世させてやれるほどの力が早紀子にはないことくらい、和希だって分かっているだろう。精々、築き上げてきた人脈を紹介することしかできない。

しかし『これまで通り会社ではちゃんと上司として敬うし、真面目に働く』と言っていたからには、仕事上で過度な要求をしてくるとも思えなかった。

意を決し、早紀子が挑むように彼を見つめると、何故か和希は上機嫌で目尻を朱に染める。

柔らかな笑顔はだが、ひどく獰猛でもあった。

「まさか。金なんていらない。社内で何かを要求するつもりもない。今まで通り、厳しく接してくれて構わないよ。でも——早紀子さんのプライベートをちょうだい。俺のものになって」

言われた意味が分からないほど子どもではない。何よりも彼の両目が孕む淫猥な気配が、何を意図しているのかを明白にした。

早紀子の髪に指を遊ばせる艶めかしさからも、淫らな色が立ち上る。

男の唇が弧を描き、悪辣さが露出した。

「……っ、何言っているの？」

「分からないかな。これからは勤務時間外に会って食事したり、どこかに出かけたり、セックスしたいって言っているんだけど」

意味を取り違えようもないほどハッキリ告げられ、早紀子は思わず仰け反った。だが一瞬早く背中に回された和希の手に引き戻される。

「拒否されたら、俺迂闊《うかつ》にポロっと喋っちゃうかも。実は早紀子さんと四年前から親しいって。お喋り好きな厚木マネージャー辺りなら、大喜びで食いついてきそうじゃない？」

このタイミングで厚木の名前を出してくるのは、二人の間の軋轢を知っていて、充分計算しているからに違いない。

どうすれば効果的に早紀子を揺さ振れるのかを。動揺を誘い、追い詰められるのかを。

――この人……っ

早紀子の背筋を冷たい汗が伝った。心音が嫌な律動を刻む。

この三か月間自分に見せてきた『無害な青年』の顔は、全て偽りだったらしい。本当の彼は、早紀子には手綱を握れないほど凶悪なものだった。

再会しなければ知らずに済んだはずなのに、全ては今更だ。

自分たちはこうして出会ってしまったし、何の因果か上司と部下の関係に収まっている。それを軽々と破壊し飛び越えてこようとする和希に、早紀子は本能的な恐怖を感じた。

このままいけば、いずれ自分自身が壊される。

必死で作り上げてきた己の形を、根底から崩される予感がした。

めちゃくちゃにされ、木っ端微塵に砕かれて――その後どうなるのか。

ゴクリと上下した喉は干上がり、口の中もカラカラになっている。だがそれが恐怖のせいだけなのかどうかは曖昧だった。

――どうして……私……っ

馬鹿馬鹿しい提案だと突っぱねて、席を立ってしまえ。そう頭の片隅で叫ぶ早紀子の声はあまりに小さい。耳を澄まさなければ、聞き逃してしまう。

代わりに響くのは、高鳴る心音。暴れながらも甘い痛苦をもたらすもの。

この感覚を、早紀子は過去に味わったことがあった。

四年前。初めて男性と肌を重ねた夜。彼に身を任せ、束の間の充足感に満たされたあの時と同じ感覚が、どうしてか胸に広がっていた。

何も言えずに和希を凝視する早紀子の態度に何を思ったのか、彼が満足げに身を起こした。

二人の間に空間が生じ、呼吸が楽になる。

自身が思うよりずっと、早紀子は緊張状態を強いられていたらしい。

しかし肩から抜けた力は、すぐさま戻ることとなった。思わず深く吸った空気に和希の香りを嗅ぎ取ってしまったせいで。

――あの夜と同じ……

混乱していたからすぐには気づかなかった。再会してからも、ここまで密着したことがなかったから、纏う香りまで知る由はなかったのだ。

雨に濡れていた過去よりも少しだけ濃厚に香る。それが彼の成熟した男性としての色香のようで、早紀子の下腹が疼いた。

ずっと、忘れようとしていた。実際和希と再会することがなければ、忘れられたと信じていたと思う。

だがもう無理だ。

何も、記憶は薄れていない。この身体もあの日の快楽を忘れてなんていなかった。

「――取引成立ですね。これからよろしくお願いします。早紀子マネージャー？」

わざとらしく敬語に戻り、『木下マネージャー』でも『木下さん』でもなく、あまつさえ『早紀子さん』ですらなく『早紀子マネージャー』と呼んだのは、それが最も早紀子に衝撃を与えられると知っているからに決まっている。

上司としての早紀子と、女としての早紀子。双方に楔を打ち込んだ形になる。

逃げ道を完璧に封じられ、もう首を振ることもできなかった。

再び唇が重ねられる。ねっとりと舌を吸い上げられ、互いの唾液を混ぜ合う、卑猥なキス。服従の証でもある口づけは、苦く甘美な背徳の味がした。

「……まさか今から帰るとか、会社に戻るなんて言わないよね？」

肌を掠める吐息は温かく柔らかい。けれど早紀子を覗き込んできた男の視線は、鋭く淫らだった。

諸手を挙げて降伏する以外、自分に何ができたのか。

微かに引いた早紀子の顎は、屈辱に満ちていた。

たとえ拒否権がないとしても、心まで擲《なげう》ったりしない。僅かに残された反抗心をよすがに、上目遣いで和希を睨んだ。

従うのは、仕方なくだ。一番大切なものを守るため『いらないもの』を代わりに差し出しただけ。

己のキャリアと身体を天秤に乗せ、傾いたのは前者だった。

別に操を立てなければならない相手がいるわけでもない。それならばセフレの一人や二人、いてもいなくても関係ないではないか。

むちゃくちゃな論理で自分を励まし、前を向く。

早紀子が奥歯を噛み締めていると、男の手が目の前に差し出された。

「行こう、早紀子さん」

「――エスコートは必要ない」

彼の手を無視し立ち上がったのは、せめてもの反抗。精々、『可愛げのない女』だと呆れればいい。どうせ和希にとっては一時の遊びだろう。

かつて肌を重ねた女が上司として現れ、しばし遊んでやろうとでも思っているに決まっている。欲望を満たしてやれば、早々に飽きるのではないか。

そのためにも彼の目に不愉快な女として映ることを、早紀子は望んだ。

しかし予想に反して聞こえたのは、さも楽しそうな笑い声だった。

「ふ、ははは っ……、本当、意地っ張りなところが変わっていない。期待以上だよ、早紀子さん。再会できて、俺がどれだけ喜んでいると思う?」

「……そんなこと知らないし、知りたくもない。行くんでしょう? さっさとして」

懸命に張った虚勢は張りぼてでしかなく、ほんの少し引っ掻かれれば、簡単に裂けてしまう脆いもの。

和希の気まぐれな攻撃で、ズタズタにされかねない仮面でしかなかった。

だが意外にも、彼は気分を害した様子もなく、早紀子を不必要に傷つけようともしてこなかった。


ニッコリと微笑んで、改めて手を伸ばしてきただけ。

「了解。荷物は俺が持つよ。手を繋ぐのは諦めるからさ」

どうやら逃亡防止のつもりなのか、早紀子の鞄は人質となった。中には電車の定期にスマホ、財布や部屋の鍵も入っている。勿論大事な仕事上の書類もだ。

好きにしろと言い捨てるには大切なものばかりで、早紀子は険しい顔をした。

「そんな嫌な顔しないでよ。俺たち、まだ信頼し合えるほど関係を築けていないから、こうでもしなきゃ不安な気持ち、分かってくれても罪にはならないんじゃない？」

まるで本気とは思えない軽い口調と泣き真似を和希がするのは、明らかにこちらを揶揄っている。

早紀子を窺うように据えられた視線は、爛々《らんらん》と輝いていた。

いちいち反応したら負け。そう考え直し、眉間の皺をどうにか緩める。

絶対的に不利な立場にあっても、早紀子は彼に卑屈な姿は見せまいと背筋を伸ばした。

相手から見れば、くだらないプライドでもいい。取るに足らない意地だと笑われても構わなかった。

大事なのは、自分自身が誇れるか否か。劣等感で背中を丸めないため、納得できる落としどころを見つけられるかどうかだった。

「……食事代、いくら？　私が出すわ」

「こっちが誘ったんだから、俺が払うよ。それに財布を返したら、逃げられそうで怖い」

「今更そんなこと、するつもりない……っ」

上質な店内の会計でごちゃごちゃ揉めるのも気が引けて、早紀子は支払いを済ませる和希の背中を渋々見守った。

転がされている。

四年前、彼にまんまと手玉に取られたかの如く。

とは言えあの時と違うのは、選択肢が自分の手にはないことだった。

今夜は夜が明けても逃げることが叶わない。何もかも秘密にしたまま、元通りの日常には戻れないのだとヒシヒシと感じた。

進む先は奈落。分かっていても、立ち止まることは許されない。

会計を終えた和希に視線一つで促され、早紀子は重い足を引き摺って店の外へ出た。

都会の空は星もろくに見えず、月明かりも曖昧に霞んでいる。

無意識に自身の首へ触れたのは、幻影の首輪が絞まる錯覚を覚えたせいだった。

前を歩く彼の催促する眼差しを受け、早紀子はよろめく足を踏み出す。

一歩、またもう一歩。

早紀子自ら和希へ歩み寄るのを待つように、彼は立ち止まって動かない。

やがて隣に追いつくと、当たり前のように抱きしめられた。

「ちょ……っ、誰かに見られたら、どうするの……っ？」

「俺は気にしない」

「私が嫌なの！」

手を繋ぐことを諦めたと言うから、油断していた。背中に回された男の腕は力強く、容易に振り解けそうもない。

狼狽していることを悟られないよう顔は伏せたまま、早紀子は和希の腕の中で身悶えた。

「秘密を守ってくれるんじゃないの？」

「……守るよ。でも誰も見ていない場所は、例外だろ？」

確かに閑静な住宅街には、二人の他に人影はなかった。会社から離れている分、社内の人間に出くわす可能性は低いかもしれない。それでも絶対に安全とは言えず、早紀子は彼の胸を両手で思い切り押した。

「……約束は守って」

開いた二人の間を、風が吹き抜ける。沈黙は数秒。

早紀子を引き寄せようとしていた和希の腕から、力が抜けた。

「残念。だけど早紀子さんの怒った顔が見られたから、よしとする」

言われて初めて、早紀子は自分が感情を露に意思表示していたことに思い至った。

いつもならもう少し上手く立ち回れる。本心を隠し、ビジネスライクに。しかし今日は一向に上手くいかない。

それもこれも相手が彼だからだ。更に和希が『してやったり』な顔をするものだから、早紀子の頬に朱が走った。

調子が狂う。いつも通りの自分を保てない。冷静であろうと心がけるほど、空回っている心地がした。

「……っ」

「早紀子さん、もっと乱れてよ。俺のせいでおかしくなる貴女が見たい」

口説き文句かと誤解しそうな甘い声音で囁かれ、クラリと眩暈を覚えた。心臓が脈拍数を上げてゆく。

彼が蠱惑的な笑みを刷《は》いた後、歩き出してくれたのは幸いだった。そうでもなければ、これ以上強気な姿勢を維持できなかったかもしれない。

和希の腕にしなだれかかり、何もかも放棄しそうになる自分が心のどこかにいたからだ。

――しっかりしなくちゃ……っ、これは水原さんが飽きるまでの『遊びの関係』なんだから……！

慣れることも、嵌《はま》ることもしたくない。

七つも年下の男性に弄ばれるなんて、心底ごめんだ。それ以上に、過去の愚行をバラされたくはなかった。

大通りに出てタクシーに乗り込み、向かった先はホテル。

まるでいつかの再現。だがあの時とは違い、『休憩』プランは設定されていない普通のホテルだ。それどころか、ビジネスホテルに慣れた早紀子にとっては、商談以外で使う予定もないラグジュアリーなクラスだった。

——え……最近の若者って、こういう場所を平気で利用するの？

「水原さん……っ？」

「部屋を取ってくる。ロビーで座って待っていて」

三十路の自分ですら気後れするこんなホテルで、随分堂々とした彼の姿に、疑問は封じられた。

質問を許さない雰囲気が、和希から醸し出されていたからかもしれない。それは、焦りと言い換えてもいい。

チェックインを終え、急いた仕草で戻ってくる彼からは、はっきりと早紀子に対する渇望が感じられた。

燃えるような熱い眼差しと、微かに上気した頬。体温の高い掌に背中を押され、自分の勘違いでないことを知る。

視線と態度で、『欲しい』と乞われていた。

――水原さんなら、相手に不自由するはずはないのに……

何を好き好んで、自分のようなかなり年上の女に手を出そうとするのだろう。悪趣味な気まぐれなのか。上司と部下の関係性に興奮する厄介な性癖でも拗らせているのか。

思い悩んでも答えは出ない。聞けない疑問は胸の内に溜まってゆく。

声に出せないそれらは、早紀子の中で重い石に成り果てた。

未だ早紀子が逃げ出すことを警戒しているのか、和希が物言いたげに横目でこちらを窺ってくる。その視線から逃れたくて、従順にエレベーターへ乗り込んだ。

上昇する箱の中で二人きり。会話はない。重苦しい沈黙の中、目的のフロアに到着したことを示す、妙に甲高い電子音が響いた。

四年前とはホテルの格も、隣に立つ男の格好も、自分自身の装いも全てが違う。重ならない。

けれど同じ目的で、彼と一緒にいるのが不思議でならなかった。

もしやあの日に戻ったのではと、馬鹿げた妄想が広がるほど。自分はあの夜から、未だ目覚めていないのではないか。

そんなことを考えているうちに、早紀子は室内へ誘われていた。

「あ……っ」

背後で扉が閉まる音がするよりも早く、強く抱きしめられる。背がしなり、互いの身体が密着した。そのせいで、和希の楔が僅かながら形を変え始めていたことが伝わってくる。

「……っ、ちょっと……」

「早紀子さんが散々煽るから、こうなった。責任取って」

「そんなの……っ、水原さんの余裕がないだけでしょう……っ、私には関係ない」

責任を転嫁されても困る。

ぐいっと腰を押しつけられ、早紀子は羞恥で頬を染めた。

「……意地悪だな。でもそういうところも堪らない」

「や……ッ」

首筋に顔を埋められ、軽く歯を立てられた。勿論怪我をするほどではない。痛みとむず痒さの中間。

けれどだからこそ、じっとしていられずに背筋が戦慄いた。

「あ……っ」

舌先で擽られ、肌が粟立つ。早紀子の背中を弄る大きな掌の感触に、痺れが広がった。

「ま、待って、シャワー……っ」

「懐かしいやりとりだな。あの日を再現しようとしている？　だったら、答えはまた『いらない』だよ。時間がもったいない。――一緒に入るなら、アリだけど」

「嫌よ！」

思わず大きな声を出せば、和希が目を見開いた。しかしそれは一瞬で、直後に甘く細められる。

早紀子が己の失敗を悟った時には、もう遅かった。

「……そんなに嫌がられたら、是非一緒に入りたくなる。俺の好きなようにさせてくれるよね？」

同意を求めているようで、実際は違う。これは紛れもなく命令。

逆らう術など初めからありはしない。

早紀子は愕然としたままパウダールームへ手を引かれた。

「脱がされたい？　それとも自分で脱ぐ？」

先ほどのことを考えれば、選んだ方とは逆を強制される可能性が高かった。早紀子の嫌がることをあえて彼はしたがるようだ。本当に性格が悪い。

――もう、どうとでもなれ……っ
返事をしないまま早紀子は歯を食いしばってジャケットを脱ぎ、ブラウスのボタンを外した。

下手に手出しをされないよう、さっさと服を脱ぎ捨ててゆく。勢いよくスカートのファスナーを下ろし、ストッキングを足から引き抜いた時には、目の前の男が笑い出していた。

「はは……っ、折れないね、早紀子さん」

だが威勢よく脱ぎ捨てられたのはそこまで。

流石に明るい部屋の中、男性の目の前で全裸になるのは勇気がいる。いくら意地になっていても、指先は思うように動いてくれなかった。

「手伝おうか？」

早紀子の躊躇いを敏感に感じ取ったのか、和希が小首を傾げた。

整った容姿も声も、うっとりするほど甘い。けれど毒を孕んだものだと今は知っている。

劇薬じみた誘いは無視し、早紀子は上下とも下着を外した。

ヒヤリとした空気が肌を刺す。温度の変化に乳房の頂が赤く色づき、身体を隠したい衝動に抗って、早紀子は真っすぐ立った。

「俺は喜んで手伝うから、照れなくてもいいのに」

「照れてない。選べないなら、自分でした方がマシ」

ゴクリと上下した彼の喉が官能的に感じられたのは、きっと早紀子の願望が見せた幻だ。

この奇妙な空気に、判断力が鈍っているだけ。むしろおかしくならなければ、とても耐えられない。

部下とホテルの一室で、あられもない姿を晒しているなんて、正気の沙汰じゃない。万が一他人に知られれば、四年前のことよりもよほど不味いことになる。

勤務先で社内恋愛は禁じられていないものの、まかり間違えばこれは地位を利用したセクハラと見做される。

加害者は早紀子。そう断じられても、仕方がない状況だった。

もしも和希が『過去のことをネタに、上司である早紀子から関係を迫られた』と吹聴したら、人々はどちらを信じてくれるだろう。

仕事はできても冴えない自分と、見るからにモテそうな将来有望な彼。

この関係にメリットがあるのがどちらだと問われれば、答えは聞くまでもない気がした。いったいどこの世界に、七つも年上の刺々しい態度を取る上司を、脅してまで手に入れようとする男がいる。

誰しもがそう考えるのではないか。早紀子自身だって同じ思いだ。

逆に三十代に足を踏み入れた女が、若く綺麗な男を欲したと言われた方が、断然しっくりくる。納得しやすい『ありがち』なストーリーだ。考えるまでもない。

つまり、この関係が露見して、ダメージを負うのは早紀子だけ。

言い訳するほど不利になる。

完全に追い詰められた心地で、早紀子は双眸に力を込めた。

「貴女のその目、すごく好き」

「リップサービスはいらない」

耳を擽る心地いい言葉は望んでいない。早紀子は挑む眼差しを和希に真っすぐ据えた。

「……本気なのに……まぁ、いいや。ツンケンした早紀子さんがどう変わってくれるか楽しみが増えた」

「……っ、や」

一瞬の躊躇もなく服を全て脱いだ彼から慌てて視線を逸らし、早紀子は横を向いた。いかにも物慣れない女の反応。

男性の裸を見慣れていないのが明白で、焦っている自分が恥ずかしい。だがこればかりは仕方なかった。

生身の男性の肢体を直視したのは、四年前が最初で最後なのだから。

戸惑いで頬に熱が集まる。身体もどんどん熱くなった。バスルームの扉を開いた彼に促され、縺れるようにして中に入る。

ヒヤリとした空気の中、室内よりも狭い空間に閉じ込められて、早紀子は改めて『これから起こること』を意識した。

広い浴槽内は、大人二人が立っても閉塞感は少ない。

和希がシャワーコックを捻り、蒸気が立ち上るまで数十秒。沈黙を水音だけが埋めてゆく。

跳ねる水滴の音が響き、早紀子の心音も煩く高鳴った。

「……んっ」

「熱い？」

「平、気……っ」

彼の手で爪先に適温の湯をかけられて、ジワジワと痺れが広がる。濡れた肌がほんのりと赤くなり、角度を変えたシャワーヘッドが次第に上へと上がってきた。

膝から太腿。淡い繁みを越え腹へ。そのまま白い乳房まで。肩へ到達する頃には、湯を浴びていないはずの早紀子の顔は真っ赤に染まっていた。

恥ずかしい。

いっそ何か言ってほしい。沈黙に耐えきれず、何をどうすればいいのかまるで分からなかった。

和希がアクションを起こしてくれれば、早紀子は反応できる。言われたことに反論し、反抗的な態度を取ることだって。

しかしこれでは何も思いつかなかった。

手を振り払うのもおかしいし、身体は綺麗に洗いたいのが本音だ。

今日は朝から働き、外回りもしている。初めての夜は無我夢中で色々考える余裕はなかったものの、今夜は身を清めたいと思う程度の理性が残されていた。

——それに……僅か四年であっても、二十代と三十代の壁は大きい。

もとより自分の身体に自信はないのに、加齢による変化は否めないだろう。そんなことを考えている己が厭わしく、早紀子は眉間に皺を寄せた。

——どうでもいいじゃない。そんな……水原さんにどう思われたって、関係ない。

まるで衰えたと言われることに怯えているみたいだ。期待外れと興味を失ってくれた方が、好都合なのに。

自分の思考がコントロールできず、早紀子は頭を振った。

馬鹿げたことが次々浮かび、それだけ動揺しているのだと悟る。

目の前に立つ男があまりにも美しく、渇望を宿した瞳でこちらを見つめている勘違いをしかけるほど、混乱していた。

「……わ……っ」

頭上から降り注ぐ湯に、二人揃ってずぶ濡れになる。

見事な筋肉の陰影を刻む男の肌を、球を結んだシャワーの湯が転がっていった。

「早紀子さん、洗ってあげるから、ここに座って」

「じ、自分で……っ」

「駄目。ほら早く」

半ば強引に浴槽の縁に腰かけさせられ、壁に背中を預けた。

ボディソープを泡立てた和希に片足を取られ、立ち上がれなくなる。足を引きたくても、バランスを取るために背後の壁に寄りかかるしかない。

ましてぬるつく泡を足裏まで塗りたくられれば、迂闊に動くことはできなかった。

早紀子の両足を白い泡が覆ってゆく。まるでクリームを塗されているかのよう。

タオルでもスポンジでもなく彼の掌で塗り広げられてゆくのが、視覚の暴力同然だった。

さりとて目を逸らせば、他の感覚が鋭敏になる。

微かな音と生々しい触感が鮮明になるばかり。上昇する男の手の感触に、意識が持っていかれた。

「……ぁっ」

押し殺した声が漏れ、和希の動きが止まる。場所は足の付け根ギリギリ。あともう少しだけ上へズレたら、際どいところに触れてしまう。

湯のせいだけではない火照りが、早紀子の呼吸を乱れさせた。

「——足、開いて」

「……っじ、自分で……っ」

「さっき駄目だって言ったのに、もう忘れた？　無理やりされたいの？　早紀子さん」

片膝をつき前にしゃがむ彼の目の高さは、丁度早紀子の臍辺りになる。この状況で開脚すれば、秘めたい場所が思い切り晒される。それも、明るいバスルーム内で。

絶対に嫌だと心が叫ぶのに、のぼせた頭は役立たずだった。

逃げる術も、抵抗の方法も思いつかない。淫猥な視線に炙られ、早紀子の両腿から力が抜けてゆく。

両手を泡塗れにした和希が嫣然と微笑んだ。

「俺が綺麗にしてあげる。それとも――俺の目の前で、自分でやる？　勿論、この体勢のまま」

選択肢など、どこにもない。

服を脱ぐのとはレベルが違う羞恥に、脳のどこかが焦げついた。

揺らぐ視線は搦め捕られ、瞬きすら許されない。逸らされない彼の眼差しは、愉悦を湛えて三日月形になった。

「どっちも悪くないけど……今夜の気分は前者かな」

「や、……ぁッ」

するりと股に忍び込んでくる男の手を避けようにも、壁際に追い詰められた早紀子には不可能だった。

全身を限界まで引いたところで、たかが知れている。踏ん張りの利かない足裏が、無為に浴槽の底を滑った。

和希の逞しい身体と壁に挟まれ、されるがまま。

陰唇を撫で上げられ、か細い悲鳴を漏らした。

「ひ、ぁあ……っ」

「こっちも丁寧に洗わないと」

「あ、駄目……っ」

もう片方の手で乳房を鷲掴みにされ、ぬるぬると捏ね回される。どちらも泡で滑り、普通に触れられるよりも奇妙な疼きが掻き立てられた。

「肌が白いね。以前は見せてもらえなかったから、あんまり素敵でクラクラする。胸の形も綺麗だし、腰の括れが理想的だ。前より痩せた？　早紀子さんこんなに魅力的なのに、よく今まで他の男に引っかからなかったね？」

首筋に口づけられつつ褒められて、ときめいたのは気のせいだと信じたい。

自信のない体型を称賛され、惑わされただけだ。どうせ、この場限りの睦言でしかないのに。

「――それとも……あれから別の誰かに抱かれた？」

「くだらないこと、聞かないで……っ」

やや強めに耳朶へ歯を立てられ、早紀子は身震いした。

まるで嫉妬かと誤解するほど、彼の声が硬い。胸に食い込む指の力にも、少しばかり痛みを覚えた。

「ふ、あ……」

耳を舌で嬲られ、耳殻を唇で食まれる。吹き込まれる吐息が擽ったい。逃れようとして首を竦めると、一層強く早紀子の肌に和希の手が押し当てられた。

「んぁっ」

花弁の内側に、彼の指が挿し込まれる。ごく浅い部分でも、突然の異物感は驚くのに充分だった。

「そんなところ……っ、触らないで……っ」

「自分でだって洗うでしょう？ ――あれ、でも……すごく熱くてぬるついている。これ、泡だけじゃなさそう」

「嫌……っ」

はしたなく体内が疼いているのは、自分でも察していた。

己の内側がかつて一度だけ味わった快楽を思い出し、期待している。過去を思い出す香りと感覚、声と雰囲気に流され、鮮やかに記憶をよみがえらせた。

四年の間に彼は逞しく落ち着いた大人の男に変わっている。それでも変わらないのは、早紀子へ触れてくる優しく強引な手だ。

囁く声のトーン、いちいち心を揺さ振る台詞の数々も。

今がいつでいったいどんな状況なのか曖昧に霞み、早紀子は懸命に現実を取り戻そうと足掻いた。

「ぁ、あッ」

だが悪戯な男の指が隘路を弄り、思考を邪魔される。

肉壁をやわやわと往復され濡れ襞を掻き回されては、集中などできるはずもなかった。

「泡が……入っちゃう……っ」

「俺が全部掻き出してあげる」

「んんッ」

花芯を摘まれ、媚肉が戦慄いた。

思わず腰が前に突き出して、早紀子の尻が浴槽の縁から滑りそうになる。危うく落ちかけたところを、和希が支えてくれた。

「ぁ、は、ぁあ……」

もはや二人とも泡塗れ。抱き合えばいやらしく肌が擦れ合う。滑らかな感触が卑猥で、密着するほどふしだらさが増した。

「背中も洗うよ」

もはや洗っていると言うよりも、互いの身体を擦りつけ合っていると表現した方が正しい。手だけでなく全身を絡ませ、もどかしく肌を摩擦した。

微かに響くにちゃにちゃとした淫音が、この場のはしたなさを補強する。

小説や映像で勉強した時も、こんなに淫蕩な場面は見つからなかった。あまりにも背徳的だ。

早紀子は下腹に硬いものを押しつけられ、頭が沸騰しそうになった。

「……ひっ」

「俺のも、洗って。早紀子さん」

何を、なんて聞くほど無知ではない。そんなことをしなくても、欲望そのものの剛直を目にすれば明らかだった。

すっかり勃ち上がった彼の楔の先端からは、透明な滴が溢れている。

直視した肉槍は、お世辞にも可愛いとは言えない。むしろ凶悪で、醜悪だ。

だが男の切ない眼差しと声で懇願され、嫌悪感を抱かなかったのは事実だった。

「……っ」

心臓が弾けそう。脈動が激しくなり、頭も破裂しかねない。駆け巡る血潮にのって、早紀子の全身に興奮が奔った。

震える両掌に泡を掬い取り、和希の下腹へ手を伸ばす。

黒い繁みからは、雄々しく勃ち上がる屹立。腹につきそうなほどそそり立った異物に触れれば、想像以上に熱くて戸惑った。

「……ぁ……」

ぴくっと蠢く楔が、早紀子の手の中で質量を増す。より硬く大きくなる様は、見ていられないほどいやらしい。

思わず目を閉じかけた早紀子の頭頂に、彼の手が下ろされた。

「目を逸らしたら駄目だよ。ちゃんと見て。今からこれが貴女の中に入るんだから」

劇薬同然の言葉と声に、理性が侵された。

揺れ乱れる視界は、一向に落ち着かない。けれど和希の肉体の一部の生々しい存在感は、微塵も薄れなかった。

どんなに早紀子が冷静さを保とうとしても、意識から追い出そうと試みても、どうしたって惹きつけられてしまう。

四年前、何も見えないように明かりの全てを消すのを要求したことへの意趣返しか。

今夜の彼は、早紀子が全てを見せることと、見ることを求めていた。

それがこちらの羞恥を煽ると存分に理解しているから。

「変態……っ」

「これくらい普通だよ。まだ優しくしているつもり」

「どこが……?」

憎まれ口を叩きながら、早紀子は導かれるまま手を動かした。

力加減が分からず添えているだけだった手を上から握られ、和希の剛直を握り込ませられる。掌の下で脈打つ肉塊は、強く漲っていた。

「……っ、そのまま上下に擦って」

頭も顔も身体も、全部が熱い。何より触れ合っている場所が。

滾る息を漏らし、懸命に手を動かす。彼の艶めかしい吐息に炙られ、早紀子自身も昂ってゆくのを感じた。

下腹の奥が、切ない。物足りなさが疼きに変わる。

刺激を求め無意識に自分の膝を擦り合わせると、和希が蕩けそうな笑みを浮かべた。

「二人で気持ちよくなろうか？」

「きゃ……っ」

頭上から突然湯が降り注ぎ、肌を覆っていた白い泡を流していった。蒸気が充満する中、熱烈なキスを交わす。

——そう言えば、あの夜も彼は雨に打たれて濡れていた……

フードを被っていても、髪からは水滴が滴っていた。皮肉なくらいあの夜を覚えている自分に、早紀子は内心呆れる。

必死で記憶を消そうと思っても、こうして簡単に思い出して、むしろ忘れていることの方が少ないかもしれない。今、同じ男性に触れられ口づけられるうち、四年の歳月の無駄さを思い知らずにはいられなかった。

「ちょ……待って」

「待たない」

和希に横抱きにされ、早紀子は高い目線に怯んだ。そのまま身体を拭いもせず運ばれた先は寝室。

びしょ濡れの身体をベッドへ転がされ、すぐに覆い被さってくる男を愕然と見つめた。

「俺が四年前、どんな気持ちだったか一度でも考えてくれたことはある？」

不可解な質問に早紀子が言葉に詰まると、彼は冷笑を刷いた。なまじ整った顔立ちと柔和に見える垂れた目尻のせいで、冷酷さを滲ませた表情は妙な迫力があった。

四年前、自分のことに精一杯だった早紀子に、和希の気持ちを慮れと言うのは無理がある。

そもそも面倒なことを考えたくないからこその、行きずりの関係だったのだ。

後腐れなく、煩わしさを回避するために。

「ないんだ。まぁ想像はしていたけど……これは簡単には許してあげられないなぁ。今夜くらい普通に抱いてあげようかとも思っていたのに——気が変わった」

「何……やっ……？」

一度身を起こした彼が向かったのはパウダールーム。戻ってきた和希の手には、ネクタイとバスローブの腰紐と思しきものが握られていた。

再びベッドに乗り上げてきた彼の目が、危険な光を帯びている。

気圧され危機を感じた早紀子が起き上がろうとすると、一瞬早く和希に押し倒された。

「逃げたら、ひどくするよ？」

「ちょ、離して……っ！」

両手を頭上で括られただけでも驚愕なのに、ネクタイで視界を閉ざされた早紀子は喉を震わせた。

文句を言おうと思っても、上手く声が出てこない。人は視覚を奪われると、途端に臆病になる生き物らしい。

心許なさから暴れることもできず、四肢が引き攣る。自由を制限され、無様に転がることしかできない。

せめて身を守ろうとして身体を縮めようとしたが、それすら許されなかった。

「何で、こんな……っ」

「早紀子さんが俺を怒らせるのが悪い。気の強い貴女が反抗してくるのは楽しいけど、蔑ろにされるのは不愉快だ」

全裸にされ、両手を縛られて、更には目を塞がれた無力な女に何を言う。

完全なる無防備な状態にされ、その上意味の分からない怒りをぶつけられれば、恐れを感じない方が無理だった。

「ん……っ」

腹をなぞる指に戦慄き、吹きかけられる吐息に驚く。太腿を掠める空気の流れにすら、早紀子は大仰に身を強張らせた。

「やめて……っ」

部屋の明かりは煌々とついたまま。

彼からはこちらの全てが見えているだろう。裸身は勿論、赤く上気した頬も。もっと言えば、虚勢を張っていながら、怯えて震える無様さも。それから――

「期待している？　ここ、さっきよりも潤んでいる」

膝を立てて閉じていた陰部を摩られ、早紀子はビクリと肩を跳ね上げた。

慌てて足を伸ばして和希の手を阻もうとしたが、もう遅い。暴かれた淫裂に彼の指が沈められた。

「ああ、やっぱり濡れている。いやらしいな、早紀子さんは。こういうの、嫌いじゃないんだ？」

「ち、違う……っ」

とんでもない言いがかりだ。まるで屈辱的な扱いをされることを、自分が喜んでいるみたいではないか。

絶対に違う。全力で否定するつもりで、早紀子は口を開いた。けれど。

「……ぁああっ」

蜜路を犯す二本の指に、まともな言葉を紡ぐ余裕が奪われた。

ぐっと押し込まれた男の指先が、早紀子の感じる場所を擂り上げる。かつてたった一回暴いた場所を、和希は覚えていたらしい。

「や、ぁっ、そこは駄目……っ」

「うん。早紀子さんが気持ちよくなれる場所。でも喜ばれたら、お仕置きにはならないかな?」

グチグチと淫らな水音を奏でながら、内壁を往復された。

濡れ髪を乱して悶え、甘苦しい責め苦から逃れようとする。その度に淫道を探ってくる指先が容赦をなくした。

「んぁっ、あ、あ、ぁあ……っ」

仰け反った拍子に揺れた胸の頂が、生温かい感触に包まれた。この温度と滑りには覚えがある。

舌で転がされているのだと悟り、早紀子の体内がきゅっと収縮した。

「やぁあ……っ」

過敏になった乳嘴を吸われ、淫芽を親指で捏ねられながら蜜壺を弄られる。三点同時に

与えられる快楽に、瞳を覆うネクタイの下で涙が滲んだ。

「も、やめ……っ、ぁ、あ、ァっ」

快感が膨れ上がる。あともう少しで飽和しそう。弾ける予感を前にして、早紀子の爪先がシーツの上を泳いだ。

「ぁ、あ……ッ」

強めに花芽を摺り上げられ、蜜洞を掘削される。

滴る愛液はどんどん量を増し、今や太腿を滴り落ちて、シーツをしとどに濡らしていた。おそらく和希の手も卑猥な滴に塗れていることだろう。想像しただけでクラクラする。

迫る絶頂感に大きく喘ぎ、早紀子が殊更激しく息を継いだ時、不意に彼が蜜窟から指を引き抜いた。

「……え?」

目の前にあった高みを急にお預けにされ、身体の熱が行き場をなくす。

発散されなかった熱源が、早紀子の内側で暴れていた。その逃し方が分からず、目隠しの下で瞳を揺らす。

「イかせてほしかった?　やめてって言っていたのに」

全てお見通しと言わんばかりに心底楽しげな和希の声が落ちてきた。

すっかり高められた身体を中途半端に放置され、苦しさと物寂しさが交錯する。隘路は切なく疼き、指よりももっと確かな質量を求めていた。

だがそんなことを馬鹿正直に言えるはずがない。

更に彼が何を早紀子に言わせようとしているのか悟った分、思い通りになるものかと意地が勝った。

「……好きにすればいいじゃない。どうせ私に選ばせるつもりなんてないくせに」

「素直じゃないなぁ……早紀子さんは。そこが魅力だけど、可愛く強請ってくれてもいいのに。もっとって言ってごらんよ。そうしたら、思いっきりイかせてあげる」

悪辣な誘惑は、悪魔の囁きも同然。屈すれば、きっと早紀子は後で後悔する。

自分が自分でなくなってしまいそうな予感に、ぐっと唇を引き結んだ。

静寂が部屋に満ちる。

二人とも黙したまま身じろぎさえしない。

衣擦れもベッドの軋みも聞こえない空間で、溜め息を漏らしたのは和希だった。

「――まだまだ貴女の全部を晒してもらうには、俺の頑張りが足りないみたいだね。……仕方ない。今回は譲ってあげる。でも次は覚悟しておいて」

視界を閉ざされたままでは、彼がどんな表情をしていたのかは不明だ。

冗談とも本気ともつかない物言いに惑わされ、真意を推し量ることもできない。それでも早紀子に触れてくる掌は熱く、不釣り合いに優しかった。

「……ん、ぅあ……っ」

膝裏から腕を差し込まれ、大きく足を開かれる。人の視線には温度があると、実感せずにはいられなかった。

今どこを凝視されているのか、焦げる肌で分かってしまう。

臍の下を通過し、繁みを通り、内腿を視姦した後、綻んだ花弁へ。おそらく、下生えに絡む滴の濡れ光る様も。

恥ずかしいところを見られていると思うほど、早紀子の蜜口がひくついた。

「や、見ないで……っ」

「嘘。喜んでいるのが、バレていないと思っている？」

「……っ！」

とろりと愛蜜が溢れ、和希の言葉を肯定したのも同然だった。

視界が閉ざされた分、他の五感が敏感になる。自身の変化も同じ。心拍数が上がり、全身が火照っているのが早紀子にはつぶさに感じられた。

糊塗しきれない劣情が体内に燻っている。

四年前の夜を歪に再現され、高まる興奮が抑えきれない。これは仕方なく従っているだけだと言い訳すればするほど、早紀子の子宮が甘く収縮した。

「お、おかしなこと言わないで……っ」

「縛られて、目隠しされて、嫌々されても感じちゃうんだね。早紀子さん。前も思ったけど、強引にされる方が反応がいいみたい」

卑猥なあわいを硬いもので上下に摩られ、早紀子の腰がひくつく。

最初は指で弄られていると思ったが、繰り返されるうちに違うと気づいた。これは、彼の楔だ。

今まさに秘部を擂り上げているのは、かつて早紀子の純潔を散らしたもの。

それが淫洞を犯すギリギリで、はぐらかすように窪みを捏ね回した。

あと少し力を込めるか体勢を変えれば、入ってしまう。けれど焦らしているとでも言うのか、巧みに腰を揺らされた。

「……っ、ゃ……ぁあ」

渇望が大きくなる。先ほどお預けにされた快感が再び膨れ上がる。もどかしくて早紀子の腰が敷布から微かに浮いた。

だが、決して和希の言いなりにはなるものかと、渾身の理性を掻き集める。

ネクタイの下で強く目を閉じ、込み上げる衝動と戦った。間違っても『欲しい』と叫ばないために。

「ああ、あ……ひ、ぁああッ」

長大な肉槍が早紀子の未熟な花弁を押し開く。

ただ一度の経験しかない蜜路は、異物の存在に騒めいた。少し苦しい。しかし痛みはない。

ベッドの上をのたうつ早紀子の身体は力強い腕に囚われ、蹂躙を受け入れる。喰らわれる。丸ごと、何もかも。

いらないものを投げ捨てる感覚だった過去とは違う。今夜ははっきり『食べられている』と感じざるを得なかった。

「ぁ……ああ……っ」

「……ずっと、こうしたかった……っ」

汗と共に官能的な男の声が落ちてきて、彼の剛直を全て受け入れられたことを実感する。喋るだけで振動が体内に響き、じりじりと愉悦が広がった。

──どうしておかしなことばかり言うの……

和希の言動はどれも意味不明だ。遊び相手になるには、自分なんて面白みも旨味もない。それとも彼に媚びない女が、よほど物珍しいのか。

──考えても仕方ない。それに、どうでもいいことじゃない。私には、無関係。どうせ女上司を弄びたかっただけに決まっている。だったら、一度寝れば関心も失せるはず──

揺さ振られる快感に染め上げられながらも、早紀子は心の中で冷めた思考を巡らせた。全身が悦楽に浸るほど、厳しく己に言い聞かせる。

これは、ただの取引。自分の立場と秘密を守るためにしていること。特別たいしたことでもなく、大人のよくある遊びの一つだ。スポーツも同然だと思えばいい――

「――考え事？　余裕だね」

「えっ……ぁ、んぁッ」

一際鋭く突き上げられ、早紀子の思考が粉々になった。

頭の中が真っ白になる。代わりに抗い難い喜悦が湧き起こった。

穏やかだった腰の動きが荒々しいものへ変わり、抱き上げられ、座った体勢に変えられる。和希の肉槍は早紀子の中に収められたまま。

自重で深々と貫かれ、内臓が押し上げられた。

「ひ、ぁああッ」

「あぁ……奥に当たっているね。気持ちいい？」

答える余裕などあるはずもなく、早紀子の眼前に火花が散る。感じまいと意識を逸らそうとしたが、無駄だった。

未熟な最奥を抉られて、少し苦しい。それでもごまかせないほどの快感があった。じっと動かなくても剛直の先端で子宮の入り口を抉じ開けられそうになり、呼吸すら愉悦を生む。

尻を摑まれて揺すられれば、膨れた肉芽が彼の繁みに擦られた。

「やぁああッ」

生理的な涙が溢れる。下腹が収斂し、体内の楔をぎゅうぎゅうに抱きしめた。その生々しい動きがまた快楽を掻き立て早紀子の口の端から唾液がこぼれる。

繋がり合った場所からも新たな蜜が溢れ、上も下も淫猥に涎を流した。

淫らで、みっともない。そう戒める自分の声は、消え入りそうなほど微かだ。それよりも燃え上がる愉悦に何もかもが塗り替えられていった。

「……っ、冷たい態度とは真逆に、貴女の中はいつも温かい」

熟れ切った媚肉をゴリゴリと抉られ、指先までが痙攣した。縛られたままの両腕は、彼の頭を囲う形で背中に縋るよう促される。

抱き起こされた不安定さと見えない恐れから、しがみつかずにはいられなかった。

「ァっ、あ、ぁああっ、ひ、ぁッ」

上下に揺さ振られ、閉じられなくなった口はだらしない艶声を漏らすのみ。汗と涙も溢れ、きっと早紀子の顔はぐちゃぐちゃになっているだろう。

目隠しされていることがありがたいと思っていると、突然両目から圧迫感が消えた。

「……っ、ゃあっ……」

明るくなった視界。上手く像を結べず、世界がぼやける。けれど心底楽しげな男の顔は、はっきりと見えた。

「……やらしい顔」

「……っ」

瞬間、屈辱感が弾けた。だがそれすら糧にして、身体は貪欲に快感を貪る。乳房の飾りが和希の胸板に擦れ、花芯が彼の硬い下生えに摩擦され、法悦が火力を増した。

蜜襞が騒めき、彼の肉槍を咀嚼する。不随意に蠢く隘路は、愉悦を増幅させた。

「ぁあぁっ」

心は折れまいと背を正しても、肉体は容易に陥落する。早紀子は喉を晒し、嬌声を迸らせた。

聞くに堪えない水音と二人分の喘ぎ声が折り重なる。

持ち上げられては落とされて、体内の一番奥を蹂躙された。被虐の屈辱に苛まれ、肉体だけが貪欲に快楽を享受する。

浅ましく、だらしなく。

その夜、何度イッたのか、覚えていない。

最後は朦朧とするまで責め立てられ、『欲しい』と言わされたことだけが記憶から消えてくれなかった。

3　毒される

定例ミーティングが終わり、参加者たちが会議室を後にしてゆく。

早紀子も書類を纏めると、腰を上げた。

「木下マネージャー、すぐに外回りに出ますか？」

隣に座っていた男の声に一瞬動きを止めたものの、早紀子は何事もなかったかのような平板な声を出した。

「……そうね。今向かえば、約束の時間に丁度よさそう」

「では準備してきます」

はきはきと答えた和希が先に会議室を出て行く。その背中に視線を向けないまま、早紀子はほんの一瞬、唇を震わせた。

「水原さんは、もう立派な戦力だね。期待以上だよ」

「……チーフマネージャー……そう、ですね。頼りになります。取引先からの評判も上々ですし」

横から話しかけてきた満足げな男に、早紀子は無理やり微笑んだ。

自然な笑顔に見えたことを、心から願う。

二度目に身体を重ねた日から既に数か月。和希が異動してきてから半年近くが経った。

部署内では、彼の評価はうなぎ上りだ。仕事ができるだけでなく、人当たりよく男女年齢問わず好かれている。

それでいて、営業部でのいざこざから学んだのか、女性社員たちとは適度な距離感も保っていた。

つまり、誰かと特別親しく付き合うことはなく、上手く誘いを躱している。

冷たくあしらっていると思われないのは、和希が一律に親切で柔和な姿勢を崩さないからだ。そのため、彼を表立って悪く言う者はいなかった。

その裏で、早紀子と和希の関係は続いている。

社内では上司と部下として。そしてプライベートでは――

――下手に一人を選んで深い仲になると面倒だから、私をセフレとしてキープしたいってことだったのね……

決して恋人になったと勘違いしない、便利な女が欲しかったに違いない。

そういう意味で、早紀子は丁度いい相手だったのだ。

もとより身体だけを求めた出会い。後ろ暗い早紀子が騒ぎ立てるわけもない。その上、七歳の年の差が、互いの間にきっちりとした線引きをしていた。

「これからも、大事に育ててくれよ、木下マネージャー。彼はいずれ社を背負ってくれる人材だ」

「……はい」

俯き加減で了承する早紀子の真意など知る由もなく、チーフマネージャーは上機嫌で会議室を出て行った。

早紀子も重い身体を引き摺るようにして、自分の席へ戻る。隣の席には、外出の準備を整えた和希が当たり前ながら待っていた。

その姿を見て、ズンと胸が重みを増す。

社内での彼は、清潔感のある有能な好青年だ。その仮面を外すことはない。

だが甘く整った瞳の奥に揺らぐ嗜虐的《しぎやくてき》な色を、完全には隠しきれていなかった。

もっとも、それに気がつくことができたのは早紀子だけ。

完璧に取り繕われた社会人としての顔の裏に、あんなに淫らで毒々しい本性を持っていたなんて、いったい誰が知っていると言うのか。

他には誰もいるはずがない。だからこそ早紀子は抱えた悩みをよそに打ち明けることなどできなかった。

——そうでなくても、こんな内容を他人に明かせるわけがない……

上司である自分が、社外では部下の和希にいいように組み敷かれているなんて。絶対に秘密にするしかないのだ。

「——行きましょうか？」

どこか官能的に響く彼の声を振り払いたくて、早紀子は無言で頷いた。目は合わせない。視線が絡むと、心の奥を覗き込まれそうな気がして、極力避けたかった。

自分の荷物を素早く持ち、デスクの上に出しっ放しになっていたボールペンを片そうと手を伸ばす。その刹那。

「——あ、すみません」

手の甲が、和希の指先と触れた。

偶然と断じるには、作為が過ぎる。何故なら彼が早紀子と同じ場所に手を伸ばす理由が、これと言ってなかったせいだ。

明らかにわざと。それでも傍から見れば不自然にはならない程度のもの。

こちらの動揺を誘うためだけにしかけられた罠を、早紀子は全力で無視した。

「——行くわよ」

あえて挑戦的に和希を見据える。睨むのと変わらない視線の強さに、男が怯むことはない。むしろ至極嬉しそうに、彼は唇を綻ばせた。

「はい。木下マネージャー」

和希を置き去りにする勢いで歩き出した早紀子の後ろから、僅か数歩で彼が追いついてくる。隣に並ばれ、息が苦しい。

だが無表情のまま早紀子は前だけを見つめ続けた。

心を凍らせ、極力何も感じないよう、壁を張り巡らせる。そうでもしなければ、とても冷静さを保てない。

ここが社内であるという事実だけが、早紀子を支えていた。とにかく仕事に打ち込んでいれば、一時的にでも問題から目を逸らすことができる。

へとへとになるまで目一杯働いて、余計なことを考えなければいい。心と身体を切り離す。今日も同じ。

無駄な思考を切り捨て取引先を回り、打ち合わせを終えて、早紀子たちが帰社した時には大半の社員が帰った後だった。

終業時間が過ぎたフロアでは、ほとんどの明かりが消えている。

静まり返ったオフィスの中、煌々と灯っているのは早紀子と隣の席の端末画面だけだ。

「……い、ゃ……っ、こんなところで……っ」

片づけたデスクの上に座った、早紀子のタイトスカートが際どい位置まで捲れ上がる。

両足の間に陣取る和希からは、下着が見えてしまっているだろう。

だがブラウスのボタンを外され、更にはブラを押し上げられた状態では、もはや何を気にすればいいのかも分からなかった。

みっともない。恥ずかしい。負の感情が早紀子の胸中を渦巻く。

残業を終え、さて帰ろうかと荷物を纏め終えた直後、いきなりデスクの上に座らせられてこの様だ。

下手に大声を出して暴れれば、警備員が駆けつけてこないとも限らない。そうでなくても、他に残っている社員が一人もいないとは言いきれなかった。

手際よく服を乱されてしまった現在、誰かの目に触れるのは不味い。早紀子は控えめに抗議の声を上げた。

「どういうつもりなの……っ？」

「そのつもり」

完全に揶揄い交じりの言葉に、早紀子は顔をしかめた。これまで、少なくとも社内で淫らな真似をしかけてくることはなかったのに。

「約束は守ってって、何度も言っているじゃない」

「時間外だから、無効でしょう。本当なら今頃、いつものホテルで抱き合っているはずだ。仕事が長引いたりしなければね」

彼の言うことは一理ある。

予定では、金曜日の今日、仕事を終え次第ホテルで落ち合うことになっていた。それが突然のトラブルで、日付が変わりそうな時刻まで対応に追われる破目になったのだ。

「……っ、だとしても、ここをどこだと思っているの」

「職場。それが何か？」

「何かって……」

まるで怯んだ様子のない和希の言葉に、早紀子の方が狼狽した。常識的に考えて時と場所を選べと思う、自分がおかしいのだろうか？

いや、おかしいかおかしくないかで語れば、そもそもこの関係が歪んでいる。

けれど少しも手を止めることがない彼に、早紀子は愕然とした。

「嫌……っ！」

ストッキングごと下着を下ろされて、流石にジタバタと暴れる。パンプスが片方脱げ、床を転がった。

「しぃ……、あんまり騒げば、人が来るかもしれない。俺は見られても構わないけど、早紀子さんは困るでしょう？」

「あ、当たり前でしょ……っ？」

分かっているなら、今すぐやめてほしい。早紀子はにじり寄ってくる男の身体を押しのけようとしたが、びくともしなかった。

「ホテルまで我慢できない。むしろこの時間まで黙って待っていた俺を褒めてしかるべきじゃゃない？」

呆れた言い草に、目を瞬く以外何ができただろう。

まるでご褒美を強請る犬だ。ただしこちらの息の根を簡単に止められる、猟犬。

幻覚の牙が、確かに見えた。

「ふ、ふざけないで……」

「本気だよ。ねぇ、早紀子さん。あんまり俺を焦らさないで。これ、破られたら困るでしょう？」

中途半端に太腿付近で引っかかったストッキングを爪で弄られ、早紀子は瞠目した。

この年で、スーツに生足はいただけない。『何かありました』と言って回っているようなものではないか。

「駄目、やめて！」

「うん。だから大人しくしていて」

従順な返事は見せかけだけだ。実際は全て和希の思い通りに事を進められている。

抵抗を封じられた早紀子は、自分の足から下着とストッキングが脱がされてゆくのを、黙って見守ることしか許されなかった。

「……っ」

こちらの視線を惹きつけているのを充分自覚しているのか、早紀子から奪った下着を見せつけるように掲げ、彼が芝居がかった仕草で自身のデスクへ置いた。

それも早紀子が手を伸ばしても届かない絶妙な位置。明らかにわざとだ。

「……っ、覚えていなさいよ」

「勿論。忘れるなんて、こっちが許さない」

早紀子の言わんとしていることをあえてはぐらかし、和希が上体を密着させ、キスをしかけてくる。

普段業務に勤しむデスクの上で、こんな行為に耽るのは早紀子の本意ではなかった。今後どんな顔で出勤すればいいのだ。素知らぬ顔で今まで通りに働ける予感がしない。どうしたって、同じ場所で自分が何をされたか、生々しく思い出してしまうに決まっていた。

「……っん」

だがそれも全部彼の計算であることは疑いようもない事実。

舌を絡める口づけで淫猥な水音を立てているのが、その証拠。

粘膜を擦り合わせ唾液を混ぜ合う淫らなキスに、早紀子の息はたちまち上がった。

「ふ、ぅ、……っんぁ」

「……可愛い下着。お願いしていた通り身に着けてきてくれたんだ。よく似合っている。早紀子さんは色白で綺麗だから、大胆で繊細なものが映えるね」

「……っ、ろくに見もせず脱がせたくせに……っ」

ショーツは既に手の届かない位置に放られ、ブラはたくし上げられている。胸を支える役目は、とうに放棄させられていた。

「脱がせる前にちゃんと見たよ。布地の少ない、綺麗なレースでいやらしかった。紫って高貴な色だけど、同時に誘惑も感じる。これを贈った時から、一刻も早く貴女が着ているところを見たくて堪らなかった。だから今夜はもう待ちきれない」

上品な紫色の上下セットの下着は、和希から渡されたものだ。

今日身に着けてくれと『お願い』の形をとった『脅迫』だった。

いつもの早紀子なら絶対に選ばない扇情的で卑猥なデザイン。実用性に乏しいそれは、おそらく普段自分が購入するものより桁が一つ多いに違いなかった。

華やかでありながら品があり、安っぽさがどこにもないのだ。

しかも極端に布が少なく、肌を隠す目的には適していないのに、着心地は悪くない。つまり、それなりの値段がすることを窺わせる。

——だけど結局チラッと見ただけじゃない……っ、今日一日スーツの下にとんでもない爆弾を抱えている気分だった私の心労を返してよ……っ！

平素通りに振る舞いながら、内心ビクビクと怯えていた。かっちりとした禁欲的なスーツの下で、誰かに見せることを第一の目的にしたかのような下着を身に着けていたのだ。

冷静でいろと言う方が難しい。

まして夜には、彼に脱がされることが容易に予測できたのだから。

「……あっ」

持ち上げられた太腿に頬擦りされ、肌が粟立つ。

目を合わせたまま舌でなぞられれば、尚更。唾液で線を描かれ、心臓が大きく脈打った。

「暴れると、パソコンに当たるよ？」

これ以上倒されれば、頭が画面にぶつかってしまう。後ろに重心がかかり、体勢を維持するのが難しくなってきた早紀子は、苛立たしく和希を見上げた。

「そう思うなら、やめて」

「お断り。でも貴女に怪我をさせたくないし——こうしようか」

「きゃ……っ」

腰を両側から掴まれ、デスクに乗せられた時と同じく早紀子の身体が持ち上げられた。

下ろされたのは椅子に腰かけた彼の上。

向かい合う形で和希の足を跨ぐ状態にされていた。

「これなら、今すぐ抱き合えるし早紀子さんも危なくない」

丁度彼の顔の目の前に早紀子の胸が晒される形になり、吐息が肌を艶めかしく嬲る。ふるりと揺れた乳房はパソコン画面の明かりを受け、色の白さを浮き彫りにした。

「放して……っ、ぁ、やんっ」

咄嗟に立ち上がろうとしたものの、乳嘴をぱくりと食まれ、早紀子の腰から力が抜けた。爪先は床から浮き、不安定に揺れる。

オフィスでストッキングもパンプスも履いていない素足であることが、どうしようもなく心許なかった。

「駄目……っ」

「嘘吐き」

「ぁ……っ」

早紀子の股座に忍び込んできた和希の指先に花弁を開かれ、そこが既に潤い始めているのを突きつけられる。

信じられない心地で早紀子が息を呑めば、彼がゆったりと蜜窟を掻き回した。

「ほら……いやらしい音が聞こえる」

「や……っ、違、ぁ、あっ」

くちくちと卑猥な水音が薄暗がりの中に響いた。背後にデスクがあるせいで、後ろに逃げることも叶わない。それ以前に足が床につかないままでは、立ち上がることすら困難だった。

和希の身体とデスクに挟まれ、四肢を戦慄かせる。早紀子は転がり落ちないよう、彼のワイシャツを摑んでバランスを取った。

「……ぁああっ」

三本の指が濡れ襞を犯し、敏感な粘膜を摺り上げた。

いくら我慢しようとしても、既に知り尽くされた早紀子の身体は和希の手で簡単に高められてしまう。

弱い部分を重点的に責められたかと思えばあえて外され、欲望が刺激された。

「ふぁ……っ」

気持ちがいい。けれど悔しい。

これは己の望むものではないと心で叫んでも、身体は陥落していた。

快楽に流されて、だらしなく喜んでいる。抱かれる度に感度が増し、自分の身体が作り替えられていっていることを、早紀子は薄々勘づいていた。

「……っぁ、アぁぁ……ッ」

内壁を探られて、悦楽が指先まで走り抜ける。思わず腰が前後に動き、より深く彼の指を咥え込むことになった。

「も……っ、ぁ、あ、いやぁ……っ」

「いい、の間違いでしょう、早紀子さん。ほら、言ってみて。『イく』って。約束したよね？」

「約束なんてした覚えはない……っ、ぁ、あんっ」

「イキそうになったら、事前申告って、教えたはずなのに」

蜜壺の中で三本の指をバラバラに動かされ、早紀子の目尻を涙が伝った。噛み締めた歯の間から、堪えきれない艶声が漏れる。

みっともない嬌声を少しでも抑えたくて、早紀子は和希の肩口に自ら顔を押しつけた。メイクが彼のジャケットを汚したところで構うものか。むしろ汚してやりたいとすら思い、頬を擦りつける。しかし意地の悪い企みとは裏腹に、相好を崩した和希に早紀子は後頭部を撫でられた。

「可愛い……上手にイケたね？　そんなに気持ちよかった？　早紀子さんはやっぱり、少し虐められるのが好きらしい」

完全に侮られ、馬鹿にされている。

早紀子は乱れた呼吸を懸命に整え、顔を上げた。

「……勝手に言ってなさいよ」

「その勝気な目、大好きだよ。もっと憎々しく俺を見てよ。その後に鳴き腫らしてほしい。憎まれ口を叩くのと同じ口で、俺を欲しいと言わせたい」

歪んでいる。

面倒な性癖に付き合うつもりはない。そうぶつけたいのに、前を寛げる彼に上手く言葉が出てこなかった。

不自由な体勢で避妊具を装着する和希を待つ間、微妙な間が流れる。

ほんの少し視線を下に向ければ、勃ち上がった彼の楔が視界に飛び込んできてしまう。それを避けるには顔を上げ、和希を見つめ続けるしかない。もしも早紀子の方から目を逸らせば、負けを認めている気がした。

「……腰を浮かせて」

言われるがまま従ったのは、服従しているからではない。

この状況を少しでも早く脱するには、行為を終わらせる以外に道がないだけだ。しかも彼は最後までしなければ、絶対に満足しないだろう。

だから仕方ないと嘯いて、早紀子は両手を和希の肩に乗せ、腰を上げた。

「そのまま……」

「……ん、ぁ、あ……っ」

位置を調整した彼に導かれ、姿勢を落とした早紀子の肉道を和希の楔が埋めてゆく。ずぶずぶと少しずつ。けれど確実に虚ろが満たされていった。

蜜襞が摩擦され、押し広げられる度に、早紀子の声が押し出される。

我慢しようとしてもしきれるものではない。

まして慎ましさをなくした花芽を摘まれては、快楽の波に抗えなかった。

「ひぁ……ッ」

「ここ弄られるの、本当好きだね。俺のをぎゅうぎゅうに締めつけているの、分かる？」

「知ら、ない……っ」

「素直じゃないなぁ。大喜びでしゃぶっているくせに……」

呆れというよりも愉悦を滲ませ、彼が腰を弾ませた。オフィスチェアのロッキングとキャスターを利用した動きが普段の揺れとは違い、早紀子の内側を捏ね回す。

尻を摑まれて最奥を抉られると、快感が脳まで響いた。

「ぁあんッ」

ぐりぐりと奥を責められ、空中に浮いた爪先が丸まる。中途半端に脱がされた服が戒めになり、ろくに動くことすらできない。

声を出すのを躊躇う状況では、体内に燻る熱が高まる一方だった。

「ぁ、あ……待って、駄目……っ」

「分かった。もっと激しく？」

「違……っ、やぁアッ」

乳首に軽く歯を立てられ、悦楽が搔き立てられる。肌に食い込むほど強く腰を摑まれて、上下前後に揺さ振られれば、早紀子の全身に汗が滲んだ。

「ふぁ、あっ、ぁ、あ、ああ……っ」

ブラウス越しに背筋を撫でられ、体内が甘く引き絞られる。淫らな水音が二人きりの空間に響き、そこが職場であることを思い出してより喜悦が高まった。

自分はもう、おかしくなっているのかもしれない。

これまでなら場を弁えられない男女を心底軽蔑していたはずが、まさか己がこんな行為に溺れているなんて、夢としか思えなかった。

だがこの悪夢は、味わったことがないほど甘美で早紀子を虜にする。

底なし沼のように沈んでゆくだけ。救いを求め伸ばした手は、いとも容易く和希に搦め捕られた。

同じ速度で揺れて身体をくねらせ、一対の獣になる。

軋む椅子の音が卑猥で、『悪いこと』をしているのだと知らしめてきた。

「気持ちいい？　早紀子さん」

「気持ち……っ、よく、ない……っ」

「こんなにびちょびちょにしているのに、粘るなぁ……」

「んァっ」

ズンッと深く抉られ、一突きごとに理性を崩された。憎まれ口を叩こうとする口は、喘ぎ声しか漏らさない。

時折動きを止められ、イキそうになる度にお預けをされた。

「やぁ……っ」

「欲しいって言ったら、あげるよ？」

「……っ」

「もっと気持ちよくしてあげる」

囁きは甘い毒。飲み干してはいけないと頭では分かっている。けれど言いたくないとプライドが拒むほどに被虐の悦びが満ちてゆく。感度が高まり飽和する。

そして飢えた肉体が心を易々と裏切った。

「……っ、ぁ、ぁ……欲し……っ」

「——まったく、毎回なかなか素直になれないね。ほら、いくらでもあげる」

「ア、あああ……ッ」

果てを目指し、淫悦の階段を駆け上がる。呼吸を喰らい合うキスは、切実さを伴っていた。

「んぁ……、ぁ、あ、ぁああ……ッ」

最後の嬌声は彼の口内に吐き出された。甘く苦しい余韻が早紀子の中を貫く。

薄い皮膜越しに和希が欲を放ったことが伝わり、彼の背に回した早紀子の腕に力が入る。

固く抱き合った身体が熱い。

ドッドッと内側から胸を叩く心音は、全く同じ速度を刻んでいた。

「……続きはホテルで」

半ば瞼が落ちかかっていた早紀子は、反論する気力もなく額を和希のジャケットに擦りつけた。


体力の差を考えてほしいと思う。

二十代と三十代では様々なことに変化が出るもの。特に女は、自分でも驚くほど身体に変調が生じるものだ。

それを加齢とは考えたくないのが乙女心だが——致し方あるまい。

残業続きで疲れ果てているところに、心労まで加わってはダウンするなという方が無理だった。

早紀子はベッドの上でしどけなく横たわり、足首を戒めていた縄を解く。

つい先ほどまで、後ろ手に縛られていただけでなく、正座の形で両足を括られ、その状態でうつ伏せにされていたのだ。

勿論、他には何も身に着けていなかった。つまり全裸。

何一つ肌を隠せるものがない無防備な状況で、足を閉じることも胸を覆うことも許されず、背後からどれだけの時間責め苛まれていただろう。

散々苛め抜かれた花弁は、やや腫れている気がする。未だにジンジンとした疼きを伴って、体内には卑猥な異物感が残されていた。

様々な体液に塗れた身体はベタベタ。長時間にわたりめちゃくちゃに翻弄され、いやらしい言葉を言わされて、最後は理性を粉々に砕かれた。

——最悪……

和希が三度も欲を放った後、汗を流しにバスルームへ行った隙に、早紀子は必死にもがいて手首の縄を解き、固く複雑に組まれた下半身の結び目も解放したのだが——

縛られていた肌には、見事なまでの痕が残っていた。

これは一日や二日では消えないかもしれない。ほとんどが服で隠せる場所であっても、手首は危うい。

ちょっとした動作で、日常生活で刻まれるはずのない痣が見えてしまいそうだ。

——こんなものを他人に目撃されたら、いったい何を思われるか……！

まず間違いなく、早紀子の性癖を疑われる。社内でそんな噂が立てば、社会的な死に等しい。自分はそこまでオープンでも恥知らずでもないのだ。

忌々しい縄をベッドの下に投げ捨てて、溜め息を吐く。

深く荒々しい嘆息は、早紀子の胸の中の蟠《わだかま》りを吐き出したいからに他ならなかった。けれど息を漏らした程度で解消してくれるような軽いものではなく、一層憂鬱が増しただけだ。

彼との関係は終わる気配もなく続いている。それどころか、最近ではどんどん深みに嵌っている心地がした。

いったいいつになったら、目論見通り和希は早紀子に飽きてくれるのだろう。

むしろ以前よりも執着が増しているように感じるのは、絶対に気のせいだと信じたかった。

抗えない関係に囚われて、既に半年以上。

昼間と夜の落差に、頭がおかしくなりそうだ。

最近では早紀子が彼につきっ切りで指導することはなくなり、前よりは別行動の時間が増えている。しかしそれは、あくまでも会社内での話。

プライベートにおいては、よほどの事情がない限り、早紀子の全てを和希に掌握されていると言っても、過言ではなかった。

休日は外せない用事がある日を除き、必ず会うのが当たり前。

退社後も、基本的に誘われる。

毎日の電話やメールは必須。業務連絡じみた必要最低限のやりとりだが、返事が遅いと後々、主にベッドの上で面倒なことになるので、地味に早紀子の悩みの種となっていた。さながら束縛の強い恋人だ。いや、支配欲の旺盛な主人か。

どちらにしても、早紀子自身が望んだ関係性ではない。

それでも立場が弱い自分には、脱却する方法がなかった。

――いい加減疲れた。あの人、本当に何を考えているの？

「――あれ、縄解いちゃったの？　早紀子さん」

バスローブを羽織り、濡れ髪をタオルで拭いながら、今まさに早紀子が考えていた人物がパウダールームから姿を現した。

若い肌は輝くばかりの艶を持ち、至極さっぱりとした顔をしている。目の下に隈を作って、ぐったりとした自分とは正反対だ。

年齢も性別も違うことを突きつけられ、早紀子の胸にモヤモヤとした苛立ちが滲んだ。

「……私を縛って転がしたまま、自分はシャワーを浴びに行くって、いくら何でもひど過ぎない？」

「その方が早紀子さんが喜ぶと思って」

「そんなわけないいじゃない！」

悪びれもせず言い放つ和希に、早紀子の眦《まなじり》が吊り上がった。

冗談ではない。あんな状態で放置され、どこの誰が喜ぶと言うのだ。

「そう？　だけど手は簡単に解けたでしょう？　だから、本当はいつだって、貴女がその気になれば抜け出せたはずだよ」

遠回しに、『行為の間でも逃げられたはず』と匂わせられ、早紀子は虚を突かれた。

確かに背後で括られていた腕は、数分ももがけば結び目が緩むものだった。ぎちぎちに縛られていたわけではない。

だから彼の言うことは、あながち間違いではないのかもしれなかった。

早紀子が心底嫌がり抵抗すれば――今とは違う状況もあり得たのでは。

――何を言いたいの？　その言い方じゃ、まるで私が縛られることを好きで受け入れたようにも聞こえるじゃない――

嫌がる素振りを見せながら、本心では満更でもなかったとでも告げたいのか。心の底では、早紀子は和希にされることを歓迎していたとでも――

そんなことを考えたが、直後に詭弁だと気がついた。

自分に拒否権はない。常軌を逸した非道な真似を要求されれば流石に断るけれども、そうでなければ受け入れるより仕方ないではないか。

にも拘らず己の選択のように言われ、早紀子は視線を尖らせた。

「水原さんの戯言に付き合うつもりはない」

「……強いな早紀子さんは。普通、真っ裸でここまで堂々としている女性も少ないんじゃない？」

「……！」

言われて初めて、早紀子は自分が何も纏わず、その上情交の痕を色濃く残したままであるのを思い出した。

対して、彼はこざっぱりと身綺麗な状態だ。あまりにも差があり過ぎる。

早紀子は慌ててシーツを身体に巻きつけると、和希の脇をすり抜けてバスルームに飛び込んだ。

既に身体中見られ味わわれ、彼に知られていないところはないけれど、それとこれとは話が別だ。何度屈服を強いられても、自分の全てを明け渡す気はなかった。

「……こんなところにまで……」

バスルームの鏡に映る己の身体を確認し、唖然とする。

あちこちに赤い痕が残されていた。縄痕だけではなく、明らかにキスマークだ。つけてくれるなと幾度言っても、和希は聞いてくれない。

それどころか早紀子が立腹するほど、面白がって刻み込んでいるのではと訝りたくなった。

大仰な溜め息をぶちまけて、シャワーコックを捻る。たいして待つことなく水は適温に変わった。

蒸気に包まれ、頭から湯を浴び、汗やその他諸々の汚れを洗い流してゆく。いっそ胸の内に溜まる一方の澱《おり》も溶けて流れてくれたらいいのにと、早紀子は願わずにはいられなかった。

——何も考えなくて済むように、全部……そうしたら——

自分は、どうしたいのだろう？

「——早紀子さん、たまにはどこか出かけてみない？　毎回このホテルでエロいことするのも、マンネリ化してきたよね」

バスルームの外から和希に声をかけられ、早紀子は俯いていた顔を上げた。シャワーを止め、意図的に平板な声を出す。

「……水原さんの好きにしたら」

どうせ自分に選ばせる気などないくせに。詰りたい気持ちは、ぐっと押し殺した。あらゆる決定権はあちらにある。こうして問いかけてくるのも、早紀子の反応を楽しんでいるだけだと分かっていた。彼は早紀子の嫌がり戸惑う顔が見たいだけなのだ。

——全く、いい性格しているわ……

「ふふ、じゃあ俺が勝手に決めるよ。——ああそれから……ちゃんと『水原さん』じゃなく名前で呼んでくれない？　何回も『お願い』したよね？」

強制でしかないだろうと言い返したい気持ちを、早紀子は舌打ち一つで堪えた。

呼び方については、のらくらとごまかしてきたけれど、そろそろ限界かもしれない。和希は一度決めたら梃子でも譲らない頑固さを持っている。

望み通りにしないと、より面倒なことになるのは目に見えていた。

ひょっとしたら今夜早紀子の全身に刻まれた無数の痕も、大元の原因は自分が彼の希望する呼び方をしなかったからではないかと気がつく。

言わば嫌がらせ。単純に嫌味を言ったり強引に名前を呼ばせようとしたりしない辺りが、何とも和希の歪み具合を表していた。

悉《ことごと》く的確に、早紀子の急所を突いてくる男だ。

嫌がることを見抜いて、ものの見事にしかけてくる。それでいて、耐え難いほどの一線は越えてこないのだから、敵ながら見事と言わざるを得なかった。

「……疲れた……」

早紀子は彼の声が聞こえなかった振りをして再びシャワーを出し、壁に手をつきズルズルと座り込む。浴槽内で膝を抱えて丸まれば、尚更疲労感が押し寄せた。

「……私、何やっているんだろう……」

この異常な日常に、どこか慣れつつある自分に呆れる。

ただ麻痺しているだけかもしれないが、和希の思考一つとっても悟れてしまう自身が嫌だ。まるで理解し通じ合っているようではないか。

――馬鹿馬鹿しい……これ以上痛い目に遭わないために、死に物狂いで退路を探しているだけよ……


決して、彼と過ごすことが当たり前になっているのではないと、湯が滴る頭を振った。

甘い毒に犯され、判断力が鈍っている。

快楽で搦め捕られた毎日は、確実に早紀子の内側を侵食していた。

近頃、上司と部下の境目が曖昧になっている。会社内ではおかしな空気など微塵も出さないよう細心の注意を払っているのに、時折下腹が甘く疼いて堪らない。

以前デスクで抱き合ってしまったことが関係している可能性もあった。

隣の席に座る和希と、指先が触れ合ってしまった瞬間。意図せず視線がかち合ってしまった刹那。

回数は減っても、共に行動しなければならない時間――

ふと気が緩んだ隙間に、それは忍び込んでくる。

部下の仮面を被っていた男が、微かに眼差しの色を変え、声音を落とすのが合図であるかの如く。

仕事中、彼から明確に何かを言われたりされたりすることはない。

それこそ、社内で淫らな行為に耽ってしまったのは、あの一度きりだ。あれ以来、早紀子が断固拒否したこともあり、きちんとけじめはつけていた。

だがだからこそ、ただ一度の過ちが、生々しくいつまでも記憶の底にこびりついている。他の記憶で上書きできない分、『あの夜』が消えてくれることは決してなかった。

基本的に生真面目な早紀子が、ここまで『あの記憶』に振り回されることを予測していたとしたら、たいしたものだ。

オフィスでの過ちがあったからこそ——他に何をされても『あれよりマシ』と思えてしまう。

今夜のように縛られて強引に身体を繋げられ、わざとらしく放置される破目になったとしても、まだ平気だと思ってしまった。

——どうかしている……価値基準がおかしくなったみたい……

以前の自分であれば、こんな淫らでふしだらな行為は嫌悪していたはずだ。性的な関係を遊びで結ぶなんて考えもしなかった。

それが成り行きだったとしても、日常になりつつあることが驚きでしかない。

——一日でも早く水原さんには私に飽きてもらわないと……

でないと、引き返せないほど深みに嵌りそうで怖い。この先が断崖絶壁なのは明白。

七つも年下の男に翻弄され、人生を狂わされるなんてあってはならないことだ。そんなものは、早紀子の人生設計に組み込まれていなかった。

公私の境目が完全に曖昧になる前に、ケリをつけなければ。けれどどうやって？

答えは出ない。

早紀子は湯が溜まった浴槽の中、天井を仰いで目を閉じた。

疲れていたからか、あっという間に眠気が襲ってくる。つい、ウトウトと心地よい微睡を揺蕩っていると――

「――早紀子さん、寝るならベッドにしなよ」

「……ん」

「こんなところでうたた寝したら、危ない。ほら、起きて」

「……やだ……」

せっかくふわふわとした穏やかな眠りに入れそうなのに、邪魔しないでほしい。厳し過ぎる現実から逃避したくて、早紀子はむずがる子どものように頭を左右に振った。

あともう少しだけ、このまま。あと十分。いや五分でもいい。そう告げたいけれど、億劫でもある。

とにかく睡魔に屈し、早紀子は断固として浴槽内から立ち上がろうとはしなかった。

「しょうがないなぁ……」

耳元で囁かれ、抱き上げられたのか、浮遊感が気持ちいい。手足を弛緩させたままでいると、男の苦笑が落ちてきた。

「……無防備で、可愛い。たまにはこうして素直に甘えてくれてもいいのに」

つむじに触れたのは、唇だろうか。

柔らかな感触は、とても大事に扱われている錯覚を運んできた。

——そんなはずはないのに……

彼にとって自分は便利な玩具でしかないはず。

適当に欲を晴らせて、後腐れのない遊び道具。それこそ、四年前に早紀子自身が和希に求めたものと変わらない。

だから、今自分が同じ扱いをされても、声高に文句が言えないのかもしれなかった。

——駄目だ……疲れて眠過ぎて、何も考えられない……考えたく、ない……

タオルで濡れた身体を拭かれたことは覚えている。その後、ベッドまで運ばれたことも。

丁寧に掛布をかけられ、抱きしめられて——考えることを放棄した早紀子は、甘く温かい夢の中に転がり落ちていった。


翌日は皮肉なほどの晴天だった。

まさに外出日和。

天候がいいことも相まって、どこもかしこも人が多い。

早紀子と和希は、都内から日帰りも可能なグランピング施設に来ていた。

まるで普通のデートのようだが、勿論違う。『顔見知りに会ったら困る』早紀子と、『たまには外に行きたい』彼との攻防戦の結果だ。

それとて散々抵抗し――最終的に早紀子の電話中にちょっかいをかけられ、やめさせるための交換条件として頷かされた。

昨夜遅く、取引先からかかってきた問い合わせの電話中に、身体を弄られ散々な目に遭ったことを思い出し、早紀子の顔が歪む。危うく先方に喘ぎ声を聞かれるところだったではないか。冗談ではない。

そんな事態になれば、もうまともに仕事なんてできなくなる。故に死に物狂いで平静を取り繕って、通話を終えたのだ。

――太陽の光が、寝不足の目に沁みる……

そんなこんなでやってきたここは、自然が豊富ながら充実した設備が整っており、宿泊以外にも日帰りでバーベキューやアスレチックなどを楽しむことができる。

宿泊自体、ホテルやコテージ、家具が備えつけになったゲルに自分たちで張るテントなど多彩で、それぞれの楽しみ方を追求できる場所だった。

ちなみに和希が予約していたのは意外にも小さなテント。それも泊まるためではなく休憩用らしい。

――こんなところに連れてきて、いったいどういうつもり？

目の前には雄大な自然が広がっているのに、早紀子はテントの狭い空間の中で、和希の気配ばかりを探っていた。

彼は今、体育座りした早紀子の隣で横になり、気持ちよさそうに景色を眺めている。

「たまにはこういうのも悪くない。そう思わない？　早紀子さん」

「……私は完全にインドア派なの」

「色白な早紀子さんは素敵だけど、適度に運動もした方がいいよ。早紀子さん、体力なさ過ぎ。昨夜だって、風呂で寝落ちしたでしょう」

「あれは……っ、水原さんが無理させるからでしょう……っ？」

体力の差を考えれば当たり前だ。一晩に三回も付き合わされて、こちらがどれだけ疲れたと思っている。

しかも早紀子がその間絶頂に飛ばされたのは、三回どころの騒ぎではない。最後の方は、本気で意識を失うかと思った。その上取引先からの電話で起こされた後、再度責め苛まれたのだから。

「仕事ばかりしていないで、身体を動かした方がいい。もっとも俺と寝るようになって、運動不足は解消したとも言えるかな。後はこうして日光浴をすれば完璧」

「ば……っ、いきなり何を言い出すの」

真昼にそぐわない話題だ。

けれど和希の言葉にも一理あった。

長らく仕事を生活の中心にしてきた早紀子の私生活は、かなり雑でおざなりになっていたのは否めない。

食事や睡眠などは、生きるため最低限しか取ってこなかった。優先順位が低く、パフォーマンスが落ちなければそれで充分だと考えていたせいだ。

だが彼とこんな仲になって以来、少なくとも食生活は改善されつつある。

未だに職場では栄養補助食品で済ませてしまうことがあるものの、夕食や週末は和希に連れ出されてきちんと食べることが多い。

不本意ながら、運動不足解消云々もあながち間違いとは言えないだろう。

何よりも、日々のメリハリが出たのが、大きな変化だった。

休日は仕事から離れてしっかり休む。自分はそんな当たり前のことが、ずっとできていなかったのだと今更ながら早紀子は気がついた。

就職してから何年も、家に仕事を持ち帰るのが習慣化して、オンとオフの切り替えなんて考えたこともなかったのだ。

――人の何倍も頑張らないと、結果なんて出せないって思っていたけど……

私生活を犠牲にして働くことに、誇りすら持っていた。いや、犠牲だとも思っていなかった。

成功したいなら、それくらいして当然だと考えていた過去の自分。無意識に周囲にも同じだけの労力を求めていたのかもしれない。

今思えば、そんな態度が滲み出し、厚木らの反感を買っていたのではないかと、不意に思い至った。

――実際には、がむしゃらに働くばかりが正解じゃないのかな……だって今は休日をこんな風に過ごしていても、仕事の効率は落ちていないものね……

むしろ以前より上手く回っている。

四六時中業務について考えているよりも、適度に気分転換し、一見無関係なことに触れて刺激を受けると、それが巡り巡って新たな発想を生むこともあった。

それに悉く強引な和希だが、早紀子の仕事に悪影響を及ぼすことは絶対にしてこなかった。社内での二人は、完璧に上司と部下。そこだけは安心している。

――私が無駄だと切り捨ててきたことは、実は視点を変えたら、大切なものだったのかもしれない……

物思いに耽っていた早紀子の髪を、風が散らす。

今日はバレッタできっちりと纏めず、下ろしたままにしていた。

纏め髪は早紀子にとって、仕事のスイッチだ。さぁ働くぞと、気持ちを引き締めてくれるもの。それがない今日は、心がどこか緩んでいた。

「――貴女だって喜んでいたくせに。『もっと』って愛らしく強請ってくれたの、覚えていないの?」

「……っ?」

耳に飛び込んできた和希の下世話な台詞で現実に引き戻され、早紀子は口元を引き攣らせた。

隣には、妖しい微笑を浮かべた男。今にも獲物へ飛びかかるタイミングを狙っている。

「あ、あのね、おかしなことばかり言わないで……っ」

その時、どこかから子どもの歓声が聞こえてきて、目が泳いだ。爽やかな自然の中でする会話ではない。本当はもっと反論したかったが、早紀子は渋々口を噤んだ。

和希がテントを設置した周辺に他のグループはいないけれど、念のため卑猥な話題は出さないに越したことはない。いったいどこに人の目があるか、油断できないからだ。

「――そういう話は、外ではやめて」

「ふふ、了解」

早紀子が黙り込めば、沈黙が落ちた。樹々の騒めきが聞こえ、気持ちがいい。

会話が途切れても気まずさはなく、不快感は欠片もなかった。だからなのか、早紀子の肩から力が抜け、束の間ぼんやりと景色を眺める。

こんな時間の使い方をしたのは、いったい何年振りだろう。思い出せないくらいこの数年は前だけ向いてガツガツ生きてきた。

——緑の香りもそよ風の心地よさも、すっかり忘れていたな……

たまには、立ち止まるのも悪くない。

「ぁっ」

その時、目の前の草の間を小さな影が通過して、声を上げたのは二人同時だった。

おそらくリスだ。動物園以外で初めて見た。

思わず興奮し、早紀子は身を起こした和希の腕を、前のめりになって叩いた。

「ね、水原さん今の見た？」

「ああ。可愛かった」

「一瞬だったけど、また来るかな？　クッキーでもあれば——」

はしゃいだ声を出してしまい、ハタと気がつく。

自分は何を楽しんでしまっているのだ。これはデートでもなければ、そういう関係でもないのに。

途端に冷静になり早紀子が座り直せば、隣でクスクスと笑う声が聞こえた。

「クッキー、買ってくればよかったな。失敗した。次回は心に留めておく」

——次回？

次があるのだろうか。

何気ない一言に気持ちが乱されたことと、いつになく子どもっぽい真似をしてしまった恥じらいから早紀子は赤く熟れた頬を背けた。

空気を変えたい。

この居心地の悪さを解消したくて、早紀子はあえてツンと顎をそびやかした。

「……水原さん、貴方他に誘う相手がいないの？　私とこんな場所に来ても、意味ないじゃない」

週末ごとに早紀子と過ごしていては、同性の友人とも会う暇があるまい。そもそも遊びの相手に対し、時間も金もかけ過ぎだと思う。

自分たちは、そういう仲ではない。あくまでも一時的なセフレ程度の繋がり。その事実を、改めて深く心に刻んだ。どうしてかは分からないけれど、今そうしなければ危うい気がしたせいだ。

「――名前。昨夜も言ったのに、まだ直せないの？」

憎まれ口を叩いた早紀子への報復なのか、彼の声が一段低くなった。

そこに、『命令』の匂いが漂う。

思わず身を強張らせた早紀子の手に、和希の手が重ねられた。指の間に彼の指が潜り込み、意味深に肌を摩られる。

執拗に手の甲を辿られ爪の先まで愛撫されては、前夜の戯れを思い出さずにはいられなかった。

　さながら性行為そのものを思い起こさせる触れ合い。真昼の屋外に似つかわしくない淫靡な空気がテントの中に充満する。

　手首から二の腕へ這い上がる男の指先に、早紀子は身を震わせた。

「……んっ」

「次から間違えたら、ペナルティを科そうか」

「何を言って……っ」

「早紀子さんがいつまで経っても俺の名前を呼んでくれないから、意地悪したくなった」

　とんだ言いがかりだ。名前で呼ぶと誓った覚えもないのに。

　しかし自分の抗議など、端から相手にされていない。強引に抱き込まれた早紀子は、その場に押し倒された。

　見上げた先には、嫣然と微笑む彼。頭越しに、テントと外に広がる緑が見える。

　これまで室内で事に及ぶのが当たり前だったので、鼻腔を擽る草の匂いに、早紀子は混乱した。

「ちょっと……っ」

「ほら、呼んで。まさか覚えていないとか言わないよね？」

　当然、覚えている。だが口にする気は毛頭なかった。

親しげに下の名前で呼び合ってしまえば、ますます二人の境界線が曖昧になる。それこそ昼と夜を隔てる壁が崩れ去る心地がした。

間違えたのではなく最初から呼ばなければ、ペナルティを科される心配もない。故に唇を引き結んだ早紀子は、見下ろしてくる和希から顔を逸らした。

「反抗的。——いいよ、いつまで続けられるか、試してみようか」

「え……っ」

狼狽したのは、そのまま彼が覆い被さってきたから。

いくら周囲に人がいないと言っても、ここは屋外だ。

テントに半身が隠されていたところで、完全に外界から遮断されているわけでもない。仮に入り口を閉じたとしても、布一枚ではプライバシーを守るには心許なかった。

「ふ、ふざけないで、水原さん……っ」

「はい、間違えたね」

「ぁ……っ」

まんまと嵌《はし》められたと悟ったが、もう遅い。

敵の策略に乗せられたことが悔しい。うっそりと笑みを漏らす和希には、普段醸し出している好青年の気配が微塵もなく、今は悪辣な空気だけを滲ませていた。

垂れた目尻に宿るのは、淫蕩な色。甘やかな容姿は、毒と棘を孕んでいた。

「こ、こんなところで……っ」

「早紀子さんが声を出さなければ、気づかれない」

ジーンズ越しに足を撫でられ、卑猥な声が出そうになる。明るい日差しが目を射って、眩暈がした。

「そういう問題じゃないでしょう……っ？」

「だったら、ゲームをしようか。早紀子さんが勝ったら、俺が何でも一つ言うことを聞いてあげる」

「何でも……？」

暗にこの関係を終わらせることも可能だと仄めかされ、誘惑に抗うことは難しかった。悪い話じゃない。むしろ、この上ない好機だ。何せ相手から、泥沼を抜け出すチャンスを提示されたのだから。

「な、何をすればいいの」

「十五分間、声を出さないっていうのはどう？」

「それだけ……？」

拍子抜けする条件に、早紀子は目を見開いた。もともと饒舌ではない自分には、簡単なことのような気がする。

たった十五分、黙っていればいいのなら、勝利は確定したのも同然ではないか。

「そう。やる？　やらない？」

「勿論、やるに決まっている」

「念のために言っておくけど、俺が勝った場合には早紀子さんに一つ言うことを聞いてもらうよ？」

そんなことは今更だ。これまでだって散々言いなりにされてきた。

あえて言われるまでもないことで、この勝負を受けない理由にはならない。早紀子は大きく頷いて、彼を見据えた。

「やる」

「――じゃあ、決まり。外に出ようか？」

「……え？」

てっきりテントの中で何かすると考えていた早紀子は、首を傾げながらも和希に続いて外へ出た。

草原を爽やかな風が吹き抜ける。相変わらずどこかから子どもたちの甲高い声が聞こえてきた。若者のグループなのか、楽しそうにバーベキューに興じる声と肉を焼く匂いも。

「どこへ行くの？」

「今、この瞬間から十五分間の始まり」

腕時計の文字盤を示した彼に宣言され、早紀子は慌てて口を閉ざした。いきなりゲームが始まったらしい。まだルールも説明されていないのに。

無言で手招きされて、どうやら和希も喋ってはいけない決まりだと知る。

貴重品を含めた荷物をテントの中に放置して移動するのは心配だったが、周囲を見渡す限り近くに人影はなかった。

もしかしたら、テントを張っていい区画があらかじめ決められているのかもしれない。

そう考え、早紀子は彼の後を追った。

広大な施設内は、豊富な自然を演出しながらも、きちんと手入れがされている。下草が刈られ、森の中も整備されていた。少し離れた場所にある小川も、安全に配慮されているのだろう。

その中で、和希が木々の間を進んでいった。

人の声が遠ざかり、この辺りで遊んでいる者は少ないらしい。歩くほどに、子どもらの歓声よりも小鳥の囀《さえず》りが大きくなる。

やがて大木の下で彼が立ち止まった時には、周囲から人の気配が消えていた。

——ここで、何を?

問いかけるつもりで和希をじっと見つめる。すると早紀子は彼に抱きしめられ、乱暴に口づけられた。

「……っ」

抗議の声を呑み込んだ自分を、褒めてやりたい。

咄嗟に込み上げた悲鳴は、どうにか喉奥に押し返した。

驚きで強張った背を撫でてくる男の掌が熱い。火傷しそうな熱は、奪われた唇からも注がれた。

バサバサと鳥が飛び立つ物音がする。木の葉を揺らす風音も。

ここが壁も天井もない屋外だと嫌でも思い知らされ、早紀子は全力で和希の胸板を押し返した。

険しい視線のみで文句を告げれば、器用に片眉を上げた彼が笑っている。

いくら見える範囲内に人がいないとしても、いつ他人に目撃されるか分かったものではない。まして、子どもだって近くにいるのだ。

——最低……っ。どういうつもり……っ？

ゲームが開始されてからまだ五分と経過していないだろう。あと十分少々で、早紀子を怒らせる作戦だろうか。

それなら無言を貫くのは、そう難しくないとひっそり安堵した。

だが、直後に早紀子は自分の甘さを痛感することになる。

再び力強く抱きしめられ、激しく口づけられる。もがくうちにいつしか大木に向かって押しつけられる格好になっていた。

「……っ？」

目の前には両手で抱えられないほどの太い幹。長い年月を生きている木肌には、苔や蔦が生えていた。

植物に詳しくない早紀子には何の樹なのか見当もつかないけれど、とても立派だ。

その大木と向かい合って両手をつく体勢へ促され、背中にべったりとくっつく和希との間で挟まれている。

これはいったいどういう状況なのか。戸惑い、早紀子が振り返った刹那、背後から胸を鷲掴みにされた。

「……っ」

それだけならまだしも、ジーンズのファスナーを下ろされて愕然とする。少し大きめのワイドパンツだったことを、こんなに悔やむことになるとは思わなかった。

腰回りから圧迫感が失せ、足元にばさりと布がたわむ。

見下ろせば、早紀子の下半身はショーツ一枚にされていた。

悲鳴を上げかけ、必死で呑み込む。声を出せば、即自分の負けだ。まさか淫らなゲームをしかけられるとは思っていなかった己は、随分おめでたいとしか言えない。

初めから全部罠だったのだ。

考えてみれば、早紀子に有利なゲームを、和希が提案してくるはずはない。

こちらが勝手に好意的な解釈をしたに過ぎず、気軽に勝負に応じた数分前の自分を殴り飛ばしたい気持ちで、早紀子は背後の彼を睨みつけた。

——私の馬鹿……っ

自身の迂闊さを呪いつつ、早紀子は内心毒づいた。

殺気を帯びたこちらの形相を微塵も気にせず、和希は早紀子の身体を弄ってくる。

両手を使い、全力で制止しようとしても見事に掻い潜られ、トップスの裾をたくし上げられた。

外気に腹や胸が撫でられる。ヒヤリとした空気で肌が舐め回される感覚は、明るい日差しの中で『いけないこと』をしているのを白日の下に晒す。

いつ誰が来るか分からない日の光の下、早紀子の白い肌が、異様に艶めかしかった。

背中側から耳に息を吹きかけられ、耳朶を食まれる。

ゾクリと駆け抜ける快楽の萌芽に、震える呼気が声になりかけた。声帯が勝手に音に変換してしまいそう。鼻から抜ける息すら危険だ。

早紀子は木についていた右手で自らの口を塞ぎ、必死で堪える。

負けず嫌いな性分と、敗北すれば何を要求されるか分かったものではない恐怖から、絶対に声を出すまいと心に誓った。

彼の指先がショーツの中に潜り込み、淫らな手つきで繁みを探る。和希がもっと奥を目指しているのは明白で、早紀子は太腿を閉じて抵抗を示した。

両目は忙しなく周囲を見回している。万が一人影が見えたら、どうしよう。

彼を突き飛ばして逃げるべきか。負けだとしても、声を発した方がいいのか。

だがどう考えても、服を乱された今の早紀子にとって、選択したい道ではなかった。

——誰にも、見られたくない……っ
仮に今後出会うことがない赤の他人だとしても、嫌だ。

こんな関係に甘んじているとは言え、プライドの全てを捨てたわけではない。だったら今の早紀子にできるのは、人が来ないことを祈り、全力で口を閉ざすことだけだった。

「……っ」

うなじを舌で擽られて、もどかしい喜悦が指先に伝わる。

淫芽を捉えた男の指先は、嗜虐的に早紀子を煽った。

すりすりと表面を撫でたかと思えば、指の腹で押し潰す。二本の指で挟み捏ねられた。

そのどれもが激しさはなくても、的確に早紀子を追い詰めてゆく。

尻に押しつけられる硬い楔の存在感も、倒錯的な官能をより高めた。

乱れた彼の吐息に炙られて、自分の呼吸も忙しくなる。

込み上げる衝動から逃れようとして前傾姿勢になれば、背後に尻を突き出したのも同じだった。

「……っ、ッ」

泥濘《ぬかるみ》に和希の指が入り込み、ゆったり抜き差しを繰り返す。

俯き加減になった早紀子の表情は、己の髪が隠してくれているだろう。だがこのふしだらな行為から逃れられるという意味ではない。

目の前がチカチカする。声を出してはならないと自身を戒めるほど、快感が高まってゆく。被虐の悦びに燃え尽きそう。

今や下腹でとぐろを巻くように、出口を求めた悦楽が暴れていた。

弾ける瞬間の絶大な愉悦を知っているせいで、物足りないと思ってしまう。本当ならもっと大きく硬いもので濡れ襞を抉ってほしいと願う自分に、早紀子は愕然とした。

——私、何を考えて……っ
淫蕩な行為を今すぐやめてほしいのは本当だ。

それなのに、この先を渇望する早紀子がいるのも、また事実だった。

切なくて、もどかしくて、いやらしいことを叫びたくなる。『もっと』と漏らしてしまいそうな自分が、とても信じられなかった。

——これまで散々言わされてきたから……っ
縋りついた木肌が早紀子の掌に食い込み、少し痛い。ひょっとしたら、擦り傷を負ったかもしれない。

だがそんな痛みさえ凌駕《りょうが》して、大きくなった花芯が悦楽を生み出し続ける。

きっと今頃、下着は濡れてしまっているだろう。脱がされないまま弄られ、見下ろした先でショーツが和希の手の形に膨らんでいる。

とんでもなく淫らな光景に、クラクラした。

せめて聞くに堪えない水音を拾わないよう、早紀子はあえて聴覚を遮断する。

意識を樹々に向け、小鳥の声に集中した。だがそれを咎めるように彼の手が動きを変える。

「——ッ」

ぐっと奥に潜り込んだ指先が、早紀子の敏感な場所を摺り上げた。しかも肩を跳ね上げたことが伝わったのか、執拗に同じ箇所を摩擦される。

強弱をつけながら淫道を掻き回され、早紀子の太腿がブルブルと痙攣した。

立っているのが辛くなり、樹に半ば抱きつく姿勢になる。弾んだ呼気が、自らの口を塞いだ手を湿らせた。

あと何分。おそらく五分も残されていないはず。

限界がすぐそこまで迫っているのを知りながら、早紀子は懸命に耐えた。

もし勝負に勝てれば、自分の願いは一つだけだ。普通の上司と部下になること。過去を忘れ、なかったことにしてもらいたい。その祈りが、間もなく叶う。

下腹に力を込め、駆け上がりそうになる衝動を必死で散らした。

きっともうすぐ終わり。これなら耐え抜ける。耐えてみせる。

そう信じ、早紀子は強い自制心で勝利を確信した。けれども。

――え……

襟足を擽る呼気は、笑いの振動に似ていた。間もなく勝敗が決まりそうなのに、和希に焦った様子は微塵もない。逆にひどく余裕を保っていることが、早紀子にも感じられた。

――何故……

意識が乱され、集中が途切れる。その隙を縫うように、彼の指が強く早紀子の肉芽を扱いた。同時に赤く腫れた乳首も摘まれる。

いつもなら、痛いと感じるギリギリの力加減。

だが今日に限っては、絶妙な塩梅だった。

「……ぁああッ」

溜まりに溜まった快楽が一気に弾ける。

飽和した快感が迸り、もはや抑えることなど不可能だった。

早紀子の全身が戦慄いて、立っていられない。膝からくずおれそうになった身体は、背後に立つ和希が支えてくれた。

「ぁ……あ、ぁ……っ」

長く尾を引く余韻が蜜洞を収縮させる。内側にいる彼の指を喰いしめて、最後の一滴まで法悦を味わおうと貪欲に蠢いていた。

きゅんきゅんと子宮が疼いているのが分かる。温い滴が早紀子の太腿を伝い落ちた。

「――俺の勝ち」

ピピッと電子音が森の中に鳴り響き、和希が腕時計を操作した。どうやらタイマーをしかけていたらしい。

時刻を確かめれば、先刻の開始宣言から丁度十五分。

己の敗北を突きつけられ、早紀子の足から一層力が抜けた。

「おっと、危ない。――……いっそこのまま最後までしようか？　早紀子さんも、物足りないんじゃない？」

「馬鹿なこと……、言わないで……っ」

意味深に腹を摩ってくる彼の手を払い落とし、早紀子は屈辱感を噛み締めた。砕かれた矜持を奮い立たせ、後ろを振り返る。

悔しい。だがいつになく激しく感じてしまったのも事実だ。

「……そんなことが貴方の『お願い』？」

だったら従ってやると攻撃的な気分そのままに吐き出した。すると和希が晴れやかな笑みをこぼし、キスをしかけてくる。

「まさか。その程度のことで大事な権利を使ったりしない。それに——いつどこで早紀子さんを抱くかは、俺の自由だ」

年下の支配者が悪辣に微笑む。

向きを変えられた早紀子は、今度は木に背中を預け、彼に片足を持ち上げられた。

ショーツを横へずらされ、濡れそぼった陰唇に避妊具を纏った楔の先端が押しつけられる。ずずずっと体内に入り込む質量に、濡れ襞が掻き毟られた。

「……っぅ、く」

「すごく濡れている……いつもより熱く潤んで……早紀子さん、誰かに見られるかもしれないと思って、余計に興奮した？」

「違……っ」

そんなわけがない。自分には、おかしな性癖なんてないはずだ。

だが生々しい咀嚼音を奏でながら和希の肉槍を頬張る媚肉は、早紀子の理性を簡単に裏切った。

内壁を軽く擦られるだけで、圧倒的な喜悦が生まれる。

みっちりと肉洞を埋められ、快感に浮かされた。

気持ちがいい。ゲームが終わったと言っても、ここが危険な屋外であることは変わらない。だからまだ声を抑えなくては。

そう頭では分かっているのに、ままならなかった。

立った状態の不安定な体勢で片足を持ち上げられ、打擲を受け入れる。

いつもとは擦れる角度も、見える景色も違って、早紀子は惑乱した。

視界が乱れ、姿勢を保つためには和希に抱きつくしかなく、背中に回した掌が、彼の躍動する筋肉を捉えた。

服がしっとりと湿っているのは、和希も汗をかいているからだろう。

一種異様な状態なのに、昂りが治まらない。縺れ合って、二人、ぐちゃぐちゃに絡まってゆく。口づけを求めたのはどちらからなのか、もう分からなかった。

「……っぁ、あ」

互いに嬌声を相手の口内に吐き出して、淫蕩なダンスを踊る。腰をくねらせ手足を密着させれば、限界は目の前に迫っていた。

「ふ、ぁッ、あ、あ」

「早紀子さん……っ、早紀子……っ」

呼び捨てにされたのはたまたま声が掠れただけかもしれない。それとも特に深い意味はなかったのか、単純に聞こえなかったせいか。

問いかける余裕はなく、共に高みへ駆け上がる。

ぎゅうぎゅうに抱きしめ合い、早紀子の胸が彼の服に擦れ、乳頭が刺激された。

伸ばした舌で主導権を奪い合い、夢中になって貪る。上も下も卑猥な水音を搔き鳴らして、獣のように求め合った。

常識も貞節も良識も擲って、ひたすら快楽を追うだけ。

今だけは考えることを全て放棄して、早紀子は悦びの声を漏らした。

「……ぁああ……ッ」

首筋に和希の唇が押しつけられ、舌先で舐められる。搔痒感に身じろげば、彼が色香を滴らせて僅かに身体を離した。

赤みを増した男の唇が艶めかしい。妖艶に口の端を舌が這い——

「……っ？」

きっと見間違い。でなければおかしい。和希の唇が『アイシテル』の五文字を声に出さず紡ぐわけがないのだから。

「んっ、ぁあ、あ、ァあッ……」

「……っく」

隙間なく抱き合い、同じ心音を聞いた。絶頂の波が引き、平素の鼓動を刻むまで、少しも離れることなく。

その間は、無言のまま。ただ時折目を合わせ、互いの形を確かめるように肩や背中を手で撫で下ろした。唇を合わせ、息を吹き込む。

睫毛が絡むほどの距離で言えない言葉を呑み込んだ。

火照った肌を風が慰撫する。

鳥が飛び立つ物音に静寂が途切れ、ゆっくりと二人は抱擁を解いた。

「……敷地内にあるハイキングコースに、珍しい花が咲いているらしい。後で見に行ってみよう。またリスに会えるかも。ああその前に腹ごしらえか。レストランもあるけど、バーベキューもいいな。早紀子さんはどっちがいい？」

早紀子の乱れた服を直しながら、和希が笑顔で問いかけてきた。

まるで楽しいデートそのもの。この関係にはそぐわない会話に、クラリと眩暈がした。

何かが揺さ振られ、外でなんて会わなければ良かったと心のどこかで後悔している。その思いの根源がどこから来るのかも不明なまま、早紀子は瞳を翳らせた。

「——またこんな風に早紀子さんと出かけたいな」

おそらく彼は早紀子の微妙な心情を察したはずだ。

全てではなくても、返事を躊躇う様子に思うところはあっただろう。けれどもあえて無視するように、あくまで明るく微笑んでくる。

何も問題はなく、ここにいるのが歪な契約で結ばれた二人ではなくて、ごく一般的な男女の関係だと言わんばかりに。

「せっかくここまで来たから、思い切り楽しまないと。ね？　早紀子さん」

――それは命令？　それとも――

繋がれた手が熱い。出口のない迷路に、迷い込んだ心地がした。

専らベッドの上だった関係が日差しに照らされ、形を変える。そんな錯覚を覚え――この日、早紀子が休日を全く楽しまなかったと言ったら、それは嘘だった。

「ちょ……っ」

服を直された早紀子は横抱きに抱え上げられ、驚いて和希の首に腕を回す。顔が近い。まだ情交の余韻を残した彼の頬は艶めかしく、ひどく官能的に早紀子の目を射った。

「早紀子さん、足腰ガクガクだから、運んであげる」

「だ、誰のせいだと……っ」

「俺にも責任あるけど、やっぱりもっと鍛えた方がいいって。この程度でへばっていたら、これから先どうするの？」

未来を語る言葉に、思わず早紀子は声を詰まらせた。

咄嗟に何も出てこない。『これから先』の意味を図りあぐね、心音が再び乱れた。

「まぁ、早紀子さんがダウンしたら、こうして俺が介抱してあげられるから、逆にいいか。貴女、こんな時にしか大人しく甘えてくれないし」

「あ、甘えて……っ？」

「そう。もっと俺に頼ってくれていいんだよ」

そんなこと、できるわけがない。する気もなく、むしろ絶対にしてはならないと己を律していたほどだ。

「……年下のくせに」

「年の差はどうしたって埋められないから、勘弁してほしいな」

ポロリとこぼれた早紀子の声は、心なしか甘えた響きがあった。そのせいか、こちらの捻くれた態度に和希は気分を害した様子もない。

至極上機嫌に早紀子を抱え直し、柔らかに微笑みかけてきたほど。

視線が絡み、互いの瞳を覗き込む。相手の双眸の奥に、求める答えが隠されている気がした。

だが自身が何を欲しているのかも早紀子には捉えられないまま。それでも目を逸らそうとは思えなかった。

沈黙が心地いい。触れ合った場所が温もりを伝え合う。不思議なことに淫らに抱き合った時よりももっと、二人の距離が縮まった錯覚を抱いた。

それが――嫌ではなかった。

「――あ、リス」

「え、どこ?」

和希の示す方向を振り返り、茶色い小さな生き物を早紀子は見つけた。

愛らしく大きな尾が、草の間で揺れている。

「……可愛い」

「早紀子さん、生き物好きなんだ。じゃあ今度は動物園に行こう」

未来の約束に返事がすぐには出てこない。

どうせ自分に拒否権はないのだから、答える義務もないはず。それでもこちらの返答を待つ彼に、早紀子は迷いながら小さく頷いた。


『――それってさぁ、付き合っているのと何が違うの?』

どこか能天気な妹の声が通話口から聞こえた。

早紀子は声量のある彼女の声に顔をしかめつつ、スマホを軽く耳から離す。

久し振りに自分の部屋で過ごす一人の夜。

和希は出張により、明日まで帰ってこない。束の間の、平穏である。

「どう考えても、違うでしょ。交際を申し込まれてないって――言っていたし。友達が」

『古っ、お姉ちゃんの友達、感覚が古っ。今時、「お付き合いしましょう」「はい」なんて生真面目にやりとりしないことだってあるじゃん。何となく成り行きでとか珍しくないよ。ヤってから考える人もいるし』

十も年が離れた妹世代の常識なんて、知る由もない。今時の二十代は、あっさりとしたものなのか。それとも妹が飛び抜けてアグレッシブなだけなのか。

早紀子は嘆息交じりに『ハイハイ』とあしらった。

数ヶ月ぶりに妹から電話が来たと思えば、いつしか話の内容は早紀子の『友達の恋愛事情』に変わっていた。

ついさっきまでは妹の進路相談や両親の愚痴を聞かされていたのに、解せない。

だがしつこく姉の恋バナを聞きたがる妹を躱すために仕方なく『友達の話』をするより他になかったのだ。

勿論実は友達のことではなく、早紀子自身の話であることは極秘である。

ちなみに年下男性に言い寄られ、何だかんだと一緒に過ごしていると語っただけだ。あくまでも友人が。

『お姉ちゃんの友達って、モテるんだね。お姉ちゃんとは大違い』と宣った妹には後で制裁を科さねばなるまい。

だがこれまでの人生で早紀子が妹と恋愛話をするのは、これが初めての経験だった。

——恋愛——ですらないけど……

『ただのセフレなら、わざわざラグジュアリーなホテルを予約したり、イベントを計画したりしないよ。ぶっちゃけ、それぞれの部屋でいいじゃん。お金かからないし』

「セ、セフレって……！」

妹の口から赤裸々な単語が飛び出して、早紀子はつい動揺した。以前から歯に衣着せぬ物言いをする彼女だが、二十を超えますます磨きがかかったようだ。

両親の年がいってから生まれた末っ子のため、やや甘やかされて育った感が否めない。すっかり自由に、よく言えばおおらかに、悪く言えば変わった子に育ってしまった。

『もぅ、お姉ちゃん相変わらず潔癖だなぁ。このくらいで吃驚しないでよ。よくある話じゃん。女にも性欲はある』

そうなのか。自分が知らないだけで、世界は広い。

だとしたら、和希との関係は身体だけのものだと早紀子はますます結論づけた。

——私の性欲云々はともかく。

「やっぱり、恋人とかそんな関係なわけがないわ。あんたの勘違いよ」

『もぉ、どうしてそうなるかなぁ。お金と手間暇をかけるのは、相手に相応の興味がある時だけでしょ。単純に遊びたいだけで、ましてや対象が年上のお姉様だったら、普通の男は援助してもらおうって考えるんじゃない？』

「あんた、いつから男の気持ちを代弁するようになったの。随分立派になったのね」

失笑と共に返せば、電話の向こうで『はぁあ？』と苛立つ妹の声がした。

『失礼！　お姉ちゃんの友達が曖昧な関係に悩んでいるって言うから、アドバイスしてあげたんじゃん！』

「もとはと言えば、そっちがしつこく聞いてくるからでしょう。私は相談したいって言った覚えもない。そもそも、どうやって関係を終わらせればいいかって話なんだから」

強引に聞き出しておいて何を言う。

早紀子が呆れ気味に告げれば、電話の向こうで妹が唇を尖らせるのが見えた気がした。

彼女は拗ねると、子どもの頃から同じ顔をするのだ。

『えー、終わらせる必要ある？　だいたいさぁ、年の差とか別に関係ないじゃん。お姉ちゃんと同じ年なら三十？　それって今は焦る年齢でもなくない？　相手の男は幾つなの』

「……二十三歳。お互い、恋愛対象外でも不思議はない年齢差でしょう？　客観的に考えて、付き合ってない」

『あー……』

想像よりも年の差があったらしく、勢いづいていた妹が口ごもった。

七つの年の差。これが互いに四十代五十代ともなれば、さほど気になるものではなかったかもしれない。または二十代同士なら。しかし二十代と三十代は、一番差異を感じた。

それに、女の三十路自体は焦る年齢ではなくても、付き合う相手が二十代前半では足並みが揃うことの方が稀だと思う。

両者の間に立ちはだかる壁は、思いの外分厚い。何故なら人生の節目と丁度重なるからだ。

たとえば結婚や出産。仕事での立ち位置や責任も変わる年代。様々な選択を迫られる岐路の只中だ。

具体的な将来を見据える年と、まだまだ未来は遠いものと考えられる差——と言えばいいのか。

——七年間の差は、同じ目線でものを見るのが難しい。

互いに見えている現実が違うから。求めるものや価値観も。全てが重ならないのだ。

——いくら時折錯覚したとしても……やっぱりこれは、交際とは完全に別ものだ。

始まり方からして脅迫だったのだから、当たり前。そう思うのに、胸の蟠りを解消できない自分に、早紀子は戸惑った。

こんな相談を妹にしている時点で、やはり調子を崩しているとしか思えない。

聞きたいのは、火遊びめいた関係を解消するため、若者の側からのアドバイスなのに。

気がつけば、関係を継続する方法を模索する方向に話が流れていた。

しかもよくよく考えてみれば、どうして自分は『友達の話』と嘯いてまで、言わなくていいことを打ち明けているのだろう。

己自身のことなのに分からない。最近、特にこういうことが増えた気がする。

我が身の問題が、整理できないのだ。気持ちが乱れ、上手くバランスが取れない日がよくあった。

――前は目標も目的も、スパッとはっきりしていたから、すぐ行動に移せたのに……いつから自分は、こんなにグズグズ思い悩む人間になったのか。和希との不誠実な関係という、自力で解決できない泥沼に堕ちた瞬間からだろうか。

それとも彼と初めて出会った夜にはもう、道を踏み外していたのか。

分からないし、考えるのが面倒になって、早紀子は緩く頭を振った。これ以上は妹と話しても無駄な気がする。どうせ有意義な意見など貰えない。

己の頭を整理するためにも、不毛な時間は終わらせよう。

通話を終えるため、適当に話を切り上げるタイミングを早紀子が図っていると――

『いや、でもさ、趣味は人それぞれっていうかぁ、熟女好みも沢山いるしね！』

「誰が熟女よ。そこまで熟れてないわ」

失礼な。

きっと熟れ切って人生の酸いも甘いも経験した後なら、こんなに悩んだりしない。結局のところ、早紀子も未熟なだけなのだろう。

どうせ答えが出ない問いを、妹に聞いてもらいたいと願うほどに。

『あははっ、ごめんって。久し振りにお姉ちゃんと話せて楽しかったから、調子にのっちゃった。だけど、年齢差はたいして障害じゃないと思うなぁ。もし気にしているのがそこなら、あんまり悩まなくていいと思う』

のんびりと呟く彼女に、早紀子はひっそり唇を歪めた。

「……忙しいから、もう切るよ。あんまりお母さんたちを困らせないでね」

『うん。話聞いてくれて、ありがとう。お姉ちゃん』

通話を切り、早紀子は溜め息を一つ吐き出した。

──妹よ、貴女はまだ知らないと思うけど、『自分が若いから』そう感じるんだよ。

浮かんだ言葉は、あえて声に出さなかった。言えば、自分が惨めになる気がしたせいだ。

早紀子も二十代の当時なら、同じ感想を抱いたと思う。恋愛事に興味はなかったけれど、年齢差はたいした問題ではないと軽く考えたはずだ。これが本当に友人の話であれば、したり顔でアドバイスの一つもしたかもしれない。恋愛経験は全くないにも拘らず。

けれど今、自分が当事者になって、更に年上側に立ってみれば、見える景色は全く違った。

どう考えても、これは普通の関係ではないし、交際からは程遠いものだ。

何を言い繕ったところで、ただのセフレ。性的な玩具でしかない。たまたま和希が早紀子を雑に扱わないだけの話。

けれど一番早紀子を悩ませるのは、そこではなかった。

──私、いったい何を言ってほしかったんだろう……

わざわざ『友達の話なんだけど』と嘘の前置きをしてまで。本来なら、和希との関係は誰にも語ることなく、秘密にしなければならないのに。

他の誰にも打ち明けられないからこそ、妹に吐露してしまった気がする。

身体だけの繋がりに、年の差を気にしていることが既におかしいし、どうでもいいことではないか。それを他者に話して、解決することは一つもなかった。

——変だわ、私……

こんなことを考えている時点で、毒されている。彼の発する甘い毒に蝕まれているとしか思えなかった。判断力を狂わせている原因が判然とせず、早紀子は手にしたスマホに視線を落とす。

いつもなら、そろそろ彼から電話がかかってくる時間だと思いかけ——愕然とした。

——私、水原さんからの電話を待っていたの？

ごく当たり前に、時間を気にしてしまうほど。

その事実に心臓が嫌な音を立てた。

駄目だ。完全におかしい。自分で自分が理解できない。

以前なら見向きもしなかったことが優先順位を変えた気がした。

あまりにも共に過ごす時間が長かったせいだ。きっとそうに決まっている。犬猫だって三日も一緒に暮らせば情が湧く。

いくら本意ではなくても、積み重ねた時間のせいで心が勘違いを起こしているだけ。混乱が大きくなる。だいたい勘違いとは何を指しているのか。

落ち着けと自身に言い聞かせ、早紀子は緩く頭を左右に振った。

二十歳そこそこの子どもに意見を求めたことが、最初から間違いだった。『それってとっくに付き合っているじゃん。相手もそのつもりでしょう』と言われたとして、鵜呑みにする愚行を犯すつもりはない。

自分が聞きたかったのは、適切な距離の取り方。

——私と水原さんは身体だけの関係——それ以外、何もない——

先日から自分自身が誤作動を起こしている。いや、それ以前にも少しずつ歪みは出ていたのかもしれない。それがグランピングに行った日から明るみになったのだ。

——考えたら、駄目。

深みに嵌ってしまう。底なしの沼に沈みたくないなら、これ以上考えるべきではない。

『もしも』の仮定の話なんて、とても無意味だ。

この関係が変化するとしたら、終わりを迎える時にだけ。それ以外であってはならなかった。

——私には、大事な仕事がある。

男にうつつを抜かしている暇はないのだ。まして七つも年下の男性に、遊びでも寄りかかり頼る気になんてなれない。

人に人生を預けること自体考えられない早紀子には、和希は頼り甲斐がある対象とはなり得なかった。

——男性としてだけでなく、人間としても。

早紀子が目を閉じて深呼吸を繰り返した時、突然握っていたスマホが振動した。

「きゃ……っ」

着信表示を見れば、和希からのもの。予測していたはずなのに、思い切り驚いてしまった。

震え続ける端末を握り締め、躊躇ったのはほんの数秒。どうせ早紀子が出なければ、彼は何度でも電話をかけてくるだろう。

無視し続ければ、後で痛い目に遭うのはこちらの方だ。故に、出なければならない。決して待っていたからではなく——

そう言い訳し、早紀子は画面をスワイプした。

4　終わりと始まり

土下座する勢いで深々と頭を下げた部下を前に、早紀子は驚きのあまり固まった。

「……つまり、虚偽の報告だったってこと？」

「申し訳ありません！」

昨日までは『進捗は順調、問題なし』だったのに、今日になって全てがひっくり返された。それも、間もなく退社時間を迎える時に。

成果を焦るあまり、チームの一人が達成率の数字を盛っていたらしい。それだけならまだしも――

「会場を押さえられなかったって、どういうことなの……」

新作発表のため下見を重ね、後は予約や諸々の手配を済ませるだけになっていたはずだ。期日を確認し、手続きは眼前の彼に任せていたのに。

「ほ、他のことで手一杯で、忘れていました……っ」

「……っ」

ガンッと頭を殴りつけられたかのような衝撃が走った。頭痛がして、吐き気も込み上げる。

とんでもないミスだ。忘れていたでは済まされない。

だが、もっと早い段階で確認不足だった自分にも非はある。それに早紀子の過度な期待やプレッシャーが部下を追い詰めていたとしたら、上司である自分の責任だった。

「……代わりに最終候補に残っていた他の会場は押さえられないの？」

「……もう既に、別の予約が入っているそうです……」

半泣きになった彼は、俯いたまま小刻みに震えている。今にも倒れてしまいそうな顔色だ。

己のミスに気がついてからどうにか挽回しようと足掻いたものの、どうにもならなかったに違いない。本日の業務を終える時間ギリギリになって申し出てきたのが、その証拠だ。

早紀子もいっそ意識を手放してしまいたかったけれど、それは許されなかった。

今更日程は動かせない。同規模の会場を早急に探すのは困難を極めるだろう。しかし、できないではなく、やらなければならない。

痛むこめかみを軽く揉み、早紀子は奥歯を噛み締めた。

部下への注意はひとまず後回しだ。今の彼を厳しく叱責してしまっては、本気で体調を崩しかねない気がする。それよりもこの窮地をどう切り抜けるかの方が問題だった。

「今すぐ、チームのみんなを集めて。緊急ミーティングを開きます」

大きく息を吸い、必死で思考を巡らせる。失敗するわけにはいかない。

額に手を当て、眩暈がする頭を落ち着かせようと試みた。自分が冷静さを欠いていては、皆が浮足立ってしまうだろう。それでは妙案も出てくるはずがない。

——チーフマネージャーに相談……いや、まだその段階じゃない。私のところで解決できなければ、もっと大事になってしまう……

下手をしたら、ミスを犯した彼の将来が閉ざされる。それほどの失態だった。

当然、早紀子も無事では済まない。しかし、今は自分の心配は脇に置いておく。

チーフマネージャーに報告しても、現在彼は出張中。すぐに飛んで帰ってこられる身でもない。余計な気を揉ませるだけだ。

早紀子は協力をお願いできる取引先を頭の中で整理しながら、受話器を取った。

関係各所あちこち連絡していれば、瞬く間に数時間が経過してゆく。リストには次々とバツ印が刻まれた。

思いつく限り声をかけ、使える伝手は全て利用する。勿論、早紀子だけではなく、同じチーム内全員が奔走した。

だが結論から言って、条件に合う他の会場を押さえることはできなかった。規模や金額、収容人数にアクセスの良さ、その他諸々の理由から、相応しいとは言えない。その上、理想通りの場所は既に予約で埋まっている。

八方塞がり——そんな言葉が頭に浮かび、早紀子は自分の席で頭を抱えた。

——どうにもならない……

時刻は深夜を回っている。この時間では、問い合わせようにもどこも営業時間外だ。ジタバタ足掻いたところで、また明日の朝連絡する以外に道はないだろう。

それでも早紀子は、帰宅する気になれずにいた。

今夜はもう、ミスをした張本人である彼を含め、部下は全員帰らせている。明日改めて対策を練ろうと力強く励ましたけれど、実際のところ早紀子自身絶望的だと諦めが滲んでいた。

他の業務を後回しにしてまで奔走したが、一筋の光明も見えないのが正直なところ。

これはもう、自分だけの手に負える問題ではないかもしれない。

——いや、諦めちゃ駄目。まだ問い合わせていない会場もある……

しかしそこは今回、検討段階で除外したところばかりだ。下見すらしておらず、当初の候補から外されていた。

そんな中から、条件通りの会場が見つけられるとは、とても楽観視できない。

早紀子は大きな溜め息を吐き出して、天井を仰いだ。

――どうしよう……会社に損失を与えてしまう……

いくら考えても出口が見つからず、焦燥だけが増してゆく。気持ちが空回りして苛立つ悪循環。

早紀子は自身のデスクに突っ伏して、泣きたくなる衝動を堪えた。

――泣くな。泣いてどうなるのよ？　私のミスでしょ……！

ならば挽回も自らの手でするしかない。

歯を食いしばり、顔を上げる。他に策がないか、早紀子がもう一度考えようとした時。

「――早紀子さん、これ飲んで」

突然目の間に、ペットボトルのミルクティーが差し出された。それはいつも、早紀子が好んで飲む銘柄だ。

「……え」

「思った通り、まだ残っていたんだ。どうせ何も食べていないんでしょう？　とりあえず、これでも胃に入れて。その様子じゃ、水分もろくに取っていないんじゃない？」

とっくに帰らせたはずの和希が呆れ顔で立っていて、これは夢かと訝る。

疲労感に苛まれ、朦朧としているのかもしれない。それとも、現実逃避したいあまり願望を見ているのか。

「何で、水原さんがここに……」

「帰れって煩いから一度は退社したけど、気になって戻ってきた」

サラリと返されて、唖然とする。もしや、彼は早紀子を案じてわざわざ来てくれたのか。だとしたら——

胸がジンと熱く潤んだのは、心細かったせいだ。別に感激したとか嬉しかったわけではない。たぶん。おそらく。

早紀子は疼く気持ちから目を逸らし、ペットボトルを受け取った。

「……ありがとう……」

素直にこぼれた礼は、ミルクティーに対してか、駆けつけてくれたことに対してか判然としない。自分でもよく分からないまま、早紀子は貰ったペットボトルに口をつけた。

——甘い……

疲れ渇いた身体に、甘い液体が沁み込んだ。殊更美味しく感じるのは、それだけ飢えていたからだろう。

何に、かは考えたくなかった。

「珍しく、素直」

「——してもらったことに対してお礼を言うのは当然でしょう。それとここは会社なんだから、言葉遣いに気をつけて」

「前言撤回。やっぱり早紀子さんは厳しくて頑固だ」

明るく言われ、胸の重石が少しだけ軽くなる。

一人で頭を抱えていた時はこのまま不安に押し潰されてしまいそうだったが、今は微か
に浮上することができた。

——変なの……何も解決したわけではないのに……

明らかに、自分はホッとしている。それは紛れもない事実だった。

「——それで、代替案は見つかりましたか？　木下マネージャー」

和希の、わざとらしく敬語を使い間延びした呼び方を、咎める気にはなれなかった。早
紀子を笑わせるため、おどけているのだと悟ったためだ。

「……明日また、頑張るわ」

「駄目だったんですね」

事実なので、反論もできない。その気力すら湧いてこず、早紀子は視線を伏せた。

「……絶対に何とかする」

「早紀子さん、こんな時でも全部自分で抱え込もうとするんだね。少しは俺を頼ってくれ
てもいいのに」

隣の席に腰かけた彼に椅子の背を掴まれ、クルリと向きを変えられた。正面から向かい
合う形になり、不安で揺れる視線を早紀子は咄嗟に瞬きでごまかす。

弱っている姿を見られたくない。それは、自分の主義に反する。

だがいつも通りの虚勢が張れないのは、和希に縋ってしまいたい気持ちがあるからだとも自覚していた。

──水原さんにできることはないのに……

「……ミルクティー、ありがとう。私ももう帰るから、貴方も帰りなさい」

「送るよ」

「必要ない。タクシーで帰るから」

終電はとうに終わっている。

重い身体を強引に立ち上がらせ、早紀子は辛うじて微笑んだ。

「お疲れ様」

「──……早紀子さん、もし俺が経験豊富な年上の男だったら、頼ってくれた?」

ディスプレイが消され、闇の濃くなったフロア内に彼の声が響いた。

いつもの甘く柔らかなものではない。低く硬質な──切ない男の声音だった。

「俺が七つ下だから、部下だから寄りかかれない?」

真剣な問いかけは、適当にはぐらかせる種類のものではなかった。真摯に向き合う必要を感じ、早紀子はじっと彼を見つめる。

椅子に座ったまま見上げてくる和希は真剣そのもの。

冗談や揶揄いの気配はどこにもなかった。

「……それが理由じゃないとは言わないけど、全部でもない。――私は……誰かに頼るのが苦手なの」

これまでの人生、壁にぶつかった時、早紀子はいつだって自力で突破してきた。

他者の力を借りようとしたことがない。それ故、頼り方を忘れてしまったのだと思う。

一人で立つことに、誇りも感じていた。自分ならばできるという自負もある。

「俺が相手だから、嫌なんじゃなく？」

「……――違う」

むしろ縋りたいと願ってしまっている。

自分の脆さに直面した気分で、早紀子は懸命に言葉を探した。

「……水原さんだからとかじゃなくて……これは私の仕事で私の失敗だから、何とかするのも自分自身じゃなきゃいけないと思う」

「できるの？」

「……するしかない」

あえて可能かどうか明言を避けたことは、彼には分かったはずだ。はっきり『できる』と言えない厳しい状況も。

「早紀子さんはこれまでずっと一人で、自分の力だけで戦ってきたってことか」

「仕事だから、一人ってことはないけど……」

色々な人に手助けされ、機会に恵まれた。だが誰かに表立って庇われたり、全力で守られたりした覚えは、すぐに思いつかなかった。

最後に頼れるのは自分だけ——そんな考えが根底にあったことは否めない。

「——だったら、もし俺が早紀子さんの助けになれたら、少しは認めてくれる?」

「……え?」

真っすぐこちらを見つめてくる彼が立ち上がり、見下ろしていた視線が見上げるものに変わる。

これまで数えきれないくらいこうして向かい合ってきたし、抱きしめられてきたのに、ここまで大柄な人だったのかと不意に思った。

身長だけの話ではない。言葉にしきれない、存在感のようなものを感じたせいだ。

「俺を、意識してくれるようになるかな?」

「意識って……」

「男として」

初めから和希は、早紀子にとって男性以外何ものでもなかった。それこそ、雨の降る日に出会った当初から。だから今更何を言っているのか分からず、戸惑ってしまう。

「どういうこと?」

「部下とか年下の男だけにカテゴライズしないでくれってこと。それから、俺の手出しを不愉快に感じてほしくないと願っている」

いまいち彼の言わんとすることが理解できず、早紀子は眉根を寄せた。

いったい何を求められているのか、読み取れない。しかし適当な返事をするのも躊躇われた。

「水原さん?」

「一つ約束して。もしも俺が早紀子さんの窮地を救えたら——名前で呼んで。これは命令とか強制じゃないから、ペナルティもない。——『お願い』だよ」

微かに語尾が震えた男の声。

切ない声を注がれた早紀子の耳から、肌がぶわりと粟立った。

熱が、頬や指先まで広がる。瞬きも忘れ和希を凝視すれば、視界の中で彼が曖昧に笑った。

「どう?　悪い条件じゃないと思う。この前のゲームよりも、早紀子さんに勝ち目がある」

頷くだけでいいと和希の双眸が語りかけてきた。

どうかそうしてくれと熱望されている心地がする。だからなのか、早紀子は緩々と顎を引いていた。

「……分かった」

「決まり。それじゃちょっと待って」

「え」

どこか弱さを滲ませていた表情を引き締め、彼は突然スマホを取り出した。先ほどまでの切ない雰囲気は消え失せて、素早くどこかへ電話をかけている。

その横顔は、薄く笑っているようにも見えた。

——こんな時間にどこに電話をかけているの？

もう零時を回り、普通の勤め人なら眠っている可能性が高いのではないか。起きていたとしても、常識外れの時間帯なのは明白だった。

「——あ、出た。でももっと早く出ろよ。どうせ起きていただろう。……煩いな、緊急事態なんだ。——ああ、そう。以前の貸しを返してもらおうと思って。へぇ？　俺にそんな態度取るのか？」

和希はさも親しげに通話相手と話し出したかと思えば、後半は脅す口調に変わっていた。

眇められた瞳は、早紀子には向けられたことのない種類のもの。弧を描く唇は、『友人』と戯れている青年とは到底思えなかった。

「は？　用がなければお前に電話なんかしない。俺も忙しいんだ。単刀直入に言う。力を貸してくれ」

捲し立てる勢いで用件を告げる彼に、電話の相手は文句を言っているらしい。漏れ聞こえる声は、和希と同年代程度の男性だと思われた。

何が起こっているのか分からない。

ただ『会場』や『費用』の単語を早紀子の耳が拾った。更に飛び出した日程は、新作発表が決行されるはずの日付。

「ああ。詳しいことはメールで送る。寝惚けて間違われたら困るからな。とにかく、時間を作ってくれ。よろしく」

一方的に告げた後、彼は電話を切った。

訪れたのは静寂。唖然としていた早紀子はそのまま和希を凝視し続けた。

「あの……？」

「会場、押さえられるかもしれない。条件や費用は、これからの交渉次第だけど……あそこなら早紀子さんが重視していた新作のイメージとも合っているはずだから、明日早速確認しに行こう」

「え？」

明日の予定を時間までサクサクと決められ、早紀子は瞬いた。展開が早く、ついて行けない。しかし晴れやかに笑う彼に嘘の気配はなかった。

「会場を押さえられるかもって……え？　何？」

「友人が一人、ホテル経営をしている。問い合わせたら、話を聞いてくれるそうだ」

それにしては揉めている気配があったたし、ホテル経営をしている友人とはどんな人物だと疑問が湧いたが、早紀子にとって今大事なのはそこではなかった。

「でもあの規模の予約を急に取れるところなんて……」

人気がないせいではないのか。それではいくら会場を押さえられても、意味がない。

「去年、全面改装したシュペルユールホテルって知っている？」

「勿論、知っているけど……」

老舗ホテルが経営者の世代交代に伴い、大々的に改装して話題になったことは記憶に新しい。併設するチャペルは、今や憧れの結婚式場として名前が上がらないことがない。ラグジュアリーでお洒落、女性好みでありながら格式も高いので、年配者からの支持も集めている。

「そこのイベント会場なら、予定していた会場と比べても遜色ない。以前シュペルユールホテルの内装を見せてもらったことがあるけど、うちの新作イメージの『北欧』とも奇跡的に合っている。後は飾りつけ次第で、もっとよくなるはずだ」

「……っ？」

超一流のホテルとして世界的にも名高いシュペルユールホテルが遜色ないどころの話ではないし、当初、そこも会場候補に入っていた。ただ予算の都合で、早々に除外せざるを得なかったのだ。

「無理よ。流石に費用の折り合いがつかない……っ」

急に予約を捻じ込むとなれば、その分高額になる恐れもある。

あの会場を使用できれば話題性は間違いなしだが、決裁が通るとはとても思えなかった。

「費用は応相談だが、限界まで下げてもらえるよう俺も交渉する。それだけの恩は散々売ってきたから、纏めて返してもらうつもり」

「いったいどんな関係なの……」

あんな短い時間、かつ一方的な電話でそこまでのやりとりがあったのは驚きだ。愕然としたまま早紀子はふらりとよろめいた。

「おっと、危ない」

逞しい腕に抱き留められ、気が抜ける。膝からくずおれそうになった身体は、和希に抱きしめられていた。

「俺、よくやったでしょう？　褒めてくれる？　まぁ、まだ繋ぎをつけただけで、本決まりじゃないけど……」

「ううん。それだけでも、助かる……私一人だったらどうにもならなかったし、シュペルユールホテルと交渉の窓口すらないもの……あの、でも本当に……？」

「疑り深いなぁ……こんなことで貴女を騙したりするはずがない。早紀子さんがどれだけ仕事に誇りと責任感を持っているかも知っているし……だからこそ下手に手出ししちゃいけないんじゃないかと迷っていた」

以前、隠れ家レストランに連れて行かれた時にも彼の人脈に驚かされたが、今回はもっと驚愕の度合いが大きい。

誰もが知るホテルの経営者と和希に繋がりがあるのは、とても信じられなかった。しかも無理を聞いてもらえるほどの付き合いとは。

「……交友関係、すごいのね……」

「たまたま、だよ。学生時代の腐れ縁みたいなもの。そんなことより――約束、覚えている？」

熱っぽく耳元で囁かれ、早紀子は顔を上げた。

そこにいたのは、情熱的にこちらを見つめてくる男だった。

「約束……」

「俺を、名前で呼んでほしい。でも命令じゃない。早紀子さんの意思で……呼ぶと決めてくれないか」

早紀子の腰を抱く掌に、僅かな力が籠った気がする。

未だに混乱していて、疲労感もあり頭が上手く働いていない。

本当に窮地を脱せたかどうかの、実感もなかった。もしかしたら今も悪夢の中にいるのでは？　と怪しむ気持ちも燻っている。

――夢だとしたら、どこからどこまで？

自分は始まりと終わりが、どこだったらいいと願っているのだろう。

己に問いかけても分からない。ただ迷う心とは別に、和希がひどく頼もしく見えたのは紛れもない真実だった。

「……和希、さん……」

「――『さん』はいらない」

「和希……」

異性を呼び捨てにしたのは、これが初めて。しかも『さん』と『君』で数瞬迷ったことは秘密だ。少し掠れた声は静かに溶けていった。

見つめ合う視線が熱を帯びる。下りてくる彼の顔を、避けようとは思わなかった。

しっとりと重なった唇が甘い。早紀子が薄く唇を開くと、当たり前のように和希の舌が滑り込んでくる。

こちらから彼の背に両手を回せば、より強く抱き竦められた。

「……んっ……」

これまでも、口づける度に胸が騒めいていた。

だが今夜は何かが違う。高まる鼓動は、『ときめき』と呼んで差し支えないもの。ドキドキして苦しくて——甘く締めつけられた。

「……は、ぅ」

官能的に唇を食まれ、視線を絡めたまま幾度も角度を変えられた。

舌先で愛撫され、口内がゾクゾクする。キスがこんなに気持ちがいいものだと早紀子に教えてくれたのは、和希に他ならなかった。

「もう一度呼んで……」

額同士を擦りつけて、強請る男の声にきゅんっとときめく。些細な願いを叶えてやりたくなり、早紀子は再度口を開いた。

「和希」

「早紀子」

花が綻ぶように彼が笑う。自分が呼び捨てにされたことも気にならない。

こんなに和希が喜んでくれるなら、もっと早く呼べばよかったと思った。ただの名前。されど名前。

個人を識別するための記号に過ぎないのに、誰に呼ばれるかで意味を変える。

今は——まるで宝物のように感じられた。

彼にとっても、そうであったらいいと願う。早紀子が呼んだことで、特別になれたとしたら——それはどれほど素晴らしいことだろう。

微笑み合い、夢中でキスを重ね、隙間なく抱き合った。

そのままゆっくりデスクに押し倒されかけ――

「――どなたか、まだ残ってらっしゃいますか？」

突然、懐中電灯の光がフロアを横切った。

「……っ？」

眩しさに目を細めつつ早紀子が飛び起きれば、フロアの入り口に警備員の男性が立っていた。

どうやら見回りにきたらしい。

「ああ、話し声が聞こえたのでもしやと思いました。こんな時間まで残業ですか？　ご苦労様です」

「あっ、も、もう帰るところです。遅くまで申し訳ありません！」

「いえいえ、お気をつけて」

暗かった上、パーティションに遮られ、早紀子と和希が何をしていたかは警備員の男性から見えなかったはずだ。しかし疚しいことこの上ない。

かつて前科があることもあり、早紀子は和希を連れ大慌てでフロアを後にした。

「――残念。もう少し二人で楽しみたかったのに」

「馬鹿なことを言っていないで。そんなことよりさっきの会場の話、本当に信じていいの？」

「むしろ信じてくれないの？　明日、正式な契約を結びに行こう。俺も同行する。その方が話が早いだろうし」

「あ、ありがとう……」

緊張状態から解放され、安堵が膨らんだ。

社屋を出て外の空気を吸えば、早紀子の頭は幾分冷静さを取り戻した。

「とにかく、今夜はもう帰って休んだ方がいい。寝不足の状態じゃ、いくら貴女でも契約をミスしかねないよ」

大通りに出たところで丁度通りかかったタクシーを彼が止めてくれた。

押し込まれるように乗せられ、早紀子は路上に立つ彼を見つめる。

「和希は、乗らないの？」

「俺は大丈夫。――お休みなさい。また明日」

ごく自然に『水原さん』ではなく『和希』と呼んだ自分に驚かなかったと言えば、嘘だ。

だが今この瞬間は、それが当たり前のように感じられた。

今夜限りのまやかしかもしれない。けれど軽く目を見張った彼が蕩けるほど柔らかに微笑んでくれたから、もうそれだけで充分だと思える。

和希がにこやかに手を振り、反射的に早紀子も手を振り返した。さながら恋人同士のやりとり。気づいてしまえば、行き場をなくした手が急に恥ずかしくなってきた。

何かが芽吹こうとする予感。それが何であるのか、たぶん自分は知っている。

――私、おかしい……

和希を残し、タクシーが走り出す。

早紀子はさまよったままの手を、火照る頬に添えた。


翌朝は、早速シュペルユールホテルに交渉の場を設けてもらえ、正式に契約を結ぶことができた。

それも何と、取締役社長自らが対応に当たってくれたのは驚きだ。

和希が友人というのは、本当だったらしい。

会社に戻った早紀子が経緯を報告すると、ミスを犯した部下はホッとしたのか、人目もはばからず涙ぐんでいた。

反省している彼を、これ以上責めるつもりはない。今日、逃げずに出社してきたことを逆に褒めたいくらいだ。そもそも過剰なプレッシャーをかけていたことを謝り、早紀子は部下たちを鼓舞した。

これからはもっと忙しくなる。更に団結して頑張ろうと呼びかけると、士気が上がったのが目に見えて感じられた。

「流石は木下マネージャーですね……！　あの絶体絶命の状況から、まさかもっといい契約をもぎ取ってくるとは思いませんでした。しかもたった一日で」

「本当に。普通は部下を怒鳴り飛ばしてもおかしくありませんよ。それをしっかりフォローして、格好よかったです……っ」

これまでになく妬みや僻みが含まれない、手放しの称賛が擽ったい。だが本来褒められるべきは、早紀子ではなく和希だった。

「あ、ありがとう……」

しかし彼からは自分が仲立ちしたことを秘密にしてほしいと言われている。

あまりそういった繋がりがあることを、周囲には知られたくないそうだ。『学生時代に親しくしていただけのことで、色々勘繰られると面倒じゃないですか』と言われてしまえば、その通りにするしかなかった。

「――でも全部、貴方の功績なのに……」

「違いますよ。俺はきっかけを作っただけで、実際は早紀子さんがこれまで築き上げた成果があってこそです。そうでなきゃ、いくら顔見知りでも損失が出るかもしれない仕事を先方も引き受けたりしません。そこは案外、シビアなんですよ、あいつ。費用に関してだって、早紀子さんの交渉があったから、大幅に減額できただけだし」

同席した和希の無言の圧が大きかったのではないかと思ったけれど、早紀子は彼の言葉をありがたく受け取った。

――自力ではどうにもならない壁にぶつかった時、頼れる相手がいるのはこんなにも心強いものだったんだ……

きっと自分一人だったら、重圧に押し潰され手も足も出なくなっていただろう。己の力を過信していた分、想定外すぎる事態に対応できなかったのではないか。

「……今回のこと、本当に感謝している。ありがとう……」

バタバタと忙しく、終電間際の電車に乗るべく駆け込んだ駅のホームで、早紀子は隣に立つ和希へ頭を下げた。すると彼は、大きく目を見開いてこちらを見下ろしてくる。

「あんまり素直な早紀子さんは、可愛いけど少し警戒しちゃうな」

「何よ、それ。失礼ね」

「だって、いつも俺に屈して堪るかっていう気概が、漲っていたから」

否定はできない。実際、そう思っていた。心に鎧を纏って、揺らぐことがないよう懸命に足を踏ん張っていた。そうでもしないと――

「これで少しは、俺を男として認めてくれるかな、貴女と対等になりたい」

「……っ」

どちらかと言えば、和希の方がよほど立場は強いと思う。早紀子は彼の要求に従うより他になかったのだから。

それなのに、和希の認識では逆だったと知って、少なからず動揺した。

彼にとっては、早紀子の側が上なのか。まるで足元に跪《ひざまず》きこちらに何かを乞うかのような眼差しを向けられて、心がざわつく。

戸惑い言葉を失っていると、早紀子の手へ、彼の手が重ねられた。

この時間、大きな駅の構内はひと気がまるでないわけではない。同じ会社の人間がいる可能性もある。

万が一見られたら、噂が立つのは避けられなかった。これまでの早紀子なら、有無を言わさず振り払っているところだ。

けれど今夜は、握られた手を動かすことがどうしてもできなかった。

嗅ぎ慣れたはずの都会の空気が、どこか甘い。

駅のホームから望める夜景が綺麗だと思ったのは、就職して以来初めてだった。

「俺は、早紀子さんにとって、『替えの利かない存在』になりたい。誰でもいい適当な相手じゃなく、俺でないといけないと思ってもらえるように」

その言葉の意味を問い返す前に、電車がホームに滑り込んできた。

互いの目的駅は逆。丁度、和希が乗る予定の電車も、同じホームの逆側に到着するとアナウンスが流れた。

「……行かなきゃ」

「ああ……──また、明日」

離れた指先が名残惜しい。

寂しいと感じている自分に惑わずにはいられない。

電車内に足を踏み入れ、込み上げた気持ちの名前は判然としなかった。

あともう少し一緒にいたかったなんて感傷的な気分は、きっと一時的なもの。和希が救いの手を差し伸べてくれたことで、心がぶれただけ。

今まで誰かに頼り慣れていなかった分、殊更早紀子の胸を掻き乱しているに過ぎない。

そう何度も己に言い聞かせ、その度に早紀子は心がさざ波立つのを感じていた。

──ああ……私……

自分の指先にじっと視線を落とす。

先刻まで彼と触れていた場所が、ジンと痺れる心地がした。

──とっくに『替えの利かない存在』になっている……

どうでもいい相手と見做すことなんてできない。思えば、最初からそうだった。

成り行きで肌を重ねたけれど、偶然だけではなく最終的に『この人なら』と決めたのは自分自身だ。本気で誰でも良かったのであれば、あの夜声をかけてきた別の男性でも問題はなかったはず。

それでも早紀子が選んだのは、他でもない和希だった。

あの時から既に、彼はある意味特別だった。それを長い間、認めたくなかったのだ。

——だって、それに気づいてどうなるの？

七つも年上の女が、まだ二十三歳の男性に本気になったとしても、未来がないのは歴然。同じ将来を思い描けるわけもない。

それなら、斜に構えて本気にならず、セフレを貫く方が楽ではないか。『脅されたから』『仕方なく』と言い訳し、大人の関係を自認していれば、いつか終わった時に傷つかずに済む。

早紀子は卑屈な計算をしていた自分に、ようやく気がついた。

——馬鹿だ、私……

泥沼は、和希に引きずり込まれたのではない。

自ら嵌り、溺れただけ。愚か故に、理解して尚離れたくないと願っていた。

「きゃ……ッ？」

電車のドアが閉まる寸前、腕を引かれた早紀子はたたらを踏んでホームへ降りた。

駆け込み乗車ならぬ駆け降り降車に注意アナウンスが流れたが、駅員の声は遠く、頭に入ってこない。早紀子に聞こえるのは、自分の腕をしっかりと摑む男の声のみだった。

「……やっぱり駄目だ。——今夜は、帰したくない」

「……っ」

熱く滾る吐息が首筋を掠めたのは、背がしなるほど強く抱きしめられたから。

苦しいほどの抱擁に、ユラリと視界が滲んだ。

「帰らないで、早紀子さん」

これまでならそれは有無を言わさぬ命令でしかない。和希が決めたのなら、もはや決定事項。早紀子は仏頂面をして、言いなりになる以外なかった。

けれど今夜は少し違う。

縋りつくかの如く、彼に懇願されていた。『もっと一緒にいたい』と全身全霊で乞われ、求められていた。

決定権がこちらにあるのを悟り、早紀子の胸が掻き乱される。

自分だってあともう少し共にいたいと願って、心のどこかで引き留められるのを待っていたのだと気づく。

――私は……

「……駄目？」

「――……今のが、うちの方向の最終電車。帰れないようにしておいて、今更何言っているの……責任取ってよ」

そんな憎まれ口を叩き、了承を示すのが精一杯だった。これ以上は、傾き続ける気持ちを戒めるため、とても口を開けない。

喋れば、きっと溢れてしまう。本音が。想いの欠片が。正直な欲求が。

「……だったら、俺と一晩中一緒にいるしかないね。ああ……丁度電車が来たし……俺の部屋においでよ」

可愛げのない早紀子の言い回しに気分を害した様子もなく、和希が甘やかに両目を細めた。

さながら大事な女性を見つめる眼差しに、早紀子の鼓動が高鳴る。

勘違いしそうになる心が厭わしい。それでも足は素直に逆側の電車へ向かった。

強制でしかなかった関係が、居心地のいいものに変わり始めたのはいつからか。考えまいとするほど、囚われてゆく。

やはりこれは泥沼。ただし前とは違う。以前の、息ができずに苦しくてもがき溺れ死ぬ類のものではなく、甘い毒に窒息させられる。

諦めて抵抗をやめるのでもない。むしろ望んで、沈んでゆくのだ。

――だけど結果は同じ。

どちらにしても、早紀子にとっての明るい未来には繋がっていないのだと――改めて思った。

この瞬間だけを切り取れば満たされていても、人はどんどん欲張りになる。いつか今のままでは満足できなくなる日が必ず来る。

——断ち切らなければ——

これ以上深みに嵌って身動きが取れなくなる前に。後悔に押し潰され、自分自身の誇りを擲つ前に。

みっともない女にだけは、なるまいと誓う。

早紀子が秘かに固めた決意を知らない彼と共に電車に乗り込み、車窓を流れる景色を眺めた。

先刻は綺麗だと感じた光の海が、今は痛いほど眩しく目を射る。

閉じた瞼の裏に残像が乱舞し、早紀子は和希に惹かれる心を押し留めようとした。

彼が未だこの関係を終わらせるつもりがないのは、和希の言動から伝わってくる。むしろ前よりも親密さを深めようとしているのではないかとすら感じた。

しかしだからこそ。終焉に向けて自分は行動しなければならないのだ。今ならまだ間に合う。

——彼と距離を取ろう。

互いにとって、それが一番いい。できるだけ穏便に、かつ迅速に。この決意が鈍ってしまう前に。

いつまでもこんな不健全な関係に甘んじていてはいけない。

この閉じた二人の世界は心地いいからこそ、危険な場所だ。どうせ長く続かないのなら、早めに清算すべきに決まっている。

——このままじゃ……きっと私が壊れてしまう。

戯れの時は、もう終わり。

早紀子の心が決まるのを待っていたかのように、電車が目的の駅に到着した。

和希に促され改札を通り、十分ほど歩いて、初めて彼の部屋へ案内される。

「——あがって。この部屋に招いた人は、早紀子さんが初めてだ」

見え透いた嘘だと判断し、軽く聞き流した。

男性経験がいくら乏しくても、そんなリップサービスを信じられる年齢ではない。

女一人で生きていこうと決意していれば、純粋でも無知でもいられなかった。

とは言え、男性の一人暮らしはもっと雑然としていると思っていたが、予想外に綺麗で洗練されており、驚く。それに立地や建物を見る限り、かなり家賃が高いのではないか。

「——大丈夫、支払える範囲内だから」

「まさか事故物件？」

極端に賃料が低いのは、それなりの理由があって当たり前だ。こちらから聞いておいて思わず身構えた早紀子に、彼が破顔した。

「……ふ、ははは っ、意外。早紀子さんって幽霊とか怖がるんだね。究極的なリアリストだと思っていた」

「失礼ね。私をどんな女だと思っているの。リアリストなのは否定しないけど——それとこれとは話が別でしょう。私は、自分の理解が及ばない存在や現象が怖いの」

だから整理しきれない己の気持ちも嫌いだ。理屈で制御できないものは、早紀子自身をいつか苦しめるから。

「ああ……その感じは少し分かる。でも分からないからこそ、知りたくて堪らなくもなるんじゃない？」

「……っ、ぁ」

室内で抱きしめられ、性急に口づけられた。

合わせた唇から愉悦が生まれる。互いの身体を弄りながら服を脱がせ合って、弾む息のまま寝室へ転がり込んだ。

身体が熱い。いつもより余裕がなく、相手の肌に触れ合った。

「……っんぁ」

「——もう濡れている。電車の中で、エロいこと考えていたの？」

「ば、馬鹿なこと、言わないで」

「……じゃあ、俺が欲しいと思ってくれていた？」

どこか冷静な声は、いつもの冗談めかした揶揄ではない。

恥ずかしい台詞を言わせようとして、意地悪くにじり寄ってくる和希とも何かが違った。そのせいか、きつく睨む気にも冷たくあしらう気にもなれない。

何か言わねばと思う。普段通り、冷笑をこぼしてもいい。けれど視線を揺らがせることしか早紀子はできなかった。

夜が密度を増す。濃厚で、粘度のある泥のように。

口ごもった早紀子に何を思ったのか、彼が唇で弧を描いた。それは微かに切なげで、こちらの胸を疼かせる。

「──なんてね。冗談、だよ」

「……つまらない、冗談だね……」

本音は欲しくて堪らなかったと、強引にでも言わせてくれればいいのに。

これまでならきっとそうされていたはず。今夜に限ってあっさり身を引く和希に、早紀子は仄かな侘しさを抱いた。

自分からは、言えない。求めることも、培った自我が邪魔をしてできなかった。めちゃくちゃに乱され、理性を砕かれないと、素直になるのは難しい。そういう面倒な自分が、今夜は一際厭わしかった。

乳房に触れる男の手が発熱している。辿られた肌に快楽の焔が灯されてゆく。

小さく喘ぎ晒した喉に口づけられ、早紀子からもキスを返した。

「……珍しく、積極的。もしかして、お礼のつもり？」

「そんなんじゃない」

だったらどういうつもりなのかと問われては困る。おそらく早紀子は答えられないから。相好を崩した彼に本心を知られることが怖くて、殊更淫靡な口づけを交わした。舌を絡ませ合い、唾液を嚥下して。

繰り返し唇を食み、擦りつけては離れるうちに、互いの息が上がっていた。

「早く……」

拙く可愛げのない誘惑の台詞は、それでも和希を昂らせたらしい。

彼の目尻が朱に染まり、先ほどから早紀子の太腿に擦りつけられていた楔の質量が増す。ぬる、と滑るのは既に先走りが溢れているからだろう。

言葉少なに、求められている。

和希の滾った呼吸と、薄闇で尚強い印象の双眸からも明らかだった。

「あんまり煽られたら、優しくできない」

「いつだって、優しくなんてない」

「それは早紀子さんが反抗的だから、しょうがない。プライドが高くて格好いい女性は、鳴かせてみたくなるでしょう？」

「……その性癖、隠した方がいいと思う……」

どうりでいちいち、こちらの嫌がることを嬉々としてするはずだ。

早紀子は多分に引きながらも、彼の背中に手を回した。

「貴女以外に見せないよ。早紀子さんが俺の理想だ」

その言葉の意味を、深く考えることはやめた。過剰な期待をしてはいけない。せめて今夜は、甘い夢に揺蕩っていたかった。

「……ぁっ……」

花弁を指で割られ、蜜路を撫で摩られる。

たっぷり潤っているそこは、大喜びで和希の指を迎え入れた。

「――ああ、温かい……早く早紀子さんの中に入りたい」

陶然と囁かれ、きゅんっと胸が引き絞られる。愛液が身体の奥からトロリと溢れた。

「いいよ……」

早く繋がりたいのは自分も同じ。隘路が疼き、渇望が募る。

早紀子が彼を強く引き寄せ淫らに足を開くと、和希が数度瞬いた。

「本当に今夜の早紀子さんは、いつもと違う。――でも、嬉しい」

「……ぁ、ああ……っ」

陰唇に擦りつけられた避妊具を纏う屹立の先端が、じりじりと蜜洞へ埋められてゆく。肉壁をくまなく摩擦され、喜悦が膨らんだ。

見つめ合った視界には、互いの姿だけが映る。情欲に浮かされ、上気した頬も潤んだ瞳も全てが淫靡で、劣情を掻き立てられた。

「……っは……」

指を絡めて手を繋ぎ、ゆっくりと彼が動き出す。

内壁を捏ねられ、穿たれて、早紀子の内側はすっかり和希の形に馴染んでいた。甘い圧迫感が丸ごと悦楽に変換される。

温い滴が太腿を伝い落ち、こちらからも腰を揺らした。

「……ぁ、あ……っ、いい……ッ」

「ここ、早紀子さん好き?」

「ぁんっ、は、……す、き……ッ、あ、ァあアッ」

敏感な場所を剛直の先端で小突き回され、たちまち快楽が飽和する。

大きく息を吸った刹那、一際彼の香りが濃厚に漂った。

ホテルとは違い、ここが和希の部屋なのだと意識すれば、より快感が増す。その意味を、あえて頭の隅に追いやって、早紀子は淫悦を享受した。

「……ぁあ、ひ、ァ、ぁああ……」

「早紀子さん……」

今夜も歪な夜が更ける。どこかでボタンをかけ違ってしまった、間違いだらけの夜が。

——でもそれも間もなく終わり——

終焉の足音が聞こえる。しかもそれは、向こうからやってくるのではなく、こちらから歩んでいく靴音だった。

一滴ずつ滴が落ちて、やがて器が満杯になるまでもう少し。溢れてしまえば二度ともとに戻ることはない。早紀子が自分らしくあるために。

転機が訪れたのは、その夜から数日後。

だが突然全てが変わったわけではない。『それ』があってからも、早紀子はこれまで通り仕事に邁進し、成果を上げてきた。

和希との仲も相変わらず。

しかし最初の頃とは違い、ホテルで密会することはほぼなくなった。

会うのは主に外。昼間、一般的な恋人同士のような時間を過ごし、肌を重ねるのは彼の部屋が当たり前に変わった。

買い物に行って、動物園を巡り、映画を観てお喋りに興じ、部屋の中でまったり過ごす——

そんな変化が好ましいのか好ましくないのか。

判断できないまま更に数か月経ち、新作発表を無事に終え、和希が早紀子の部下になって気づけば一年が過ぎた頃。

ついに『その日』がやってきた。

「いやぁ、水原さんの活躍は目覚ましいね。これも木下マネージャーの指導の賜物かな？ひょっとしたら君が持つ記録を塗り替えられるかもしれないね。最年少幹部が誕生する日も近いなぁ」

「はい、私も期待しています」

「これからも大事に育ててほしいと心底思っているよ。気難しい取引先も水原さんが担当になってから、上機嫌なんだ。彼は人当たりがいいし、気持ちよく仕事させるのが本当に上手だな。これまで誰も口説き落とせなかったデザイナーとのコラボも了承させたって？将来が楽しみな人材だよ」

そんな上司の賛辞を、穏やかな気持ちで聞けるようになったことに早紀子は安堵した。悔しい気持ちが完全に消えたわけではないが、これは醜い嫉妬だけではない。

純粋に認める気持ちの方が圧倒的に大きい。よきライバルとして自分も頑張ろうと、励まされた心地で大きく頷いた。

数年後の人事では、おそらく和希は出世の階段を駆け上ってゆくだろう。それこそ、早紀子をあっという間に追い抜いてゆくかもしれない。

以前なら性別の壁を強く感じ、早紀子はままならない妬みを克服しきれなかったと思う。けれど最近は至極穏やかな気分だ。

彼が上に行くのは、和希自身の実力と努力の結果。

いくら早紀子が自分の望むものを摑めないからと言って、その理由を性差に求め、彼への苛立ちを募らせるのは間違っている。もしも現状に満足できないなら、打破できるよう全力で足搔けばいい。

不満があるなら、変えなくては。内側から無理なら、別の場所で——機会を得られるなら。

その日も、早紀子は表面的には普段と変わらない一日を過ごした。

昼休み、突然和希に腕を摑まれ、ひと気のない階段に連れ込まれるまでは。

「——どういうことか、説明して」

いつになく不機嫌さを露にして、彼が壁に両手をついた。間には早紀子の顔。

和希の腕と壁の間に閉じ込められ、静まり返った空間に男の冷えた声がよく響いた。

「いきなり、何の話？」

「とぼけないで。——俺たち、最近前よりもいい感じだったよね？　少なくともギスギスしていなかったし、楽しくやっていたと思うけど——俺の勘違いだった？」

苦しそうに吐き出された彼の声は、早紀子の胸を搔き乱した。

だが、ここで揺さ振られるわけにはいかない。

早紀子は和希の言いたいことを悟った上で、あえて首を僅かに傾げるに止めた。

「……いい感じだったかどうかは分からないけど、険悪ではなかったね」

時折――いや、頻繁に特別な仲なのではないかと錯覚するほどに。

先週末だって、一泊二日の温泉旅行をした。

浴衣を借りてそぞろ歩く温泉街は、昔懐かしい風情とお洒落なカフェなどが混在し、見学するだけでも楽しかった。

天候に恵まれ、美味しいものを食べ、あちこち観光して――充実した二日間だったと思う。リフレッシュできたし、単純に心が弾んだ。

それはきっと、同行者が和希だったことも原因の一つかもしれない。旅行は、誰と行くかが重要な要素だ。

彼が予約してくれた宿での一夜を思い出し、早紀子の体内が甘く疼く。その衝動から目を逸らし、早紀子はゆっくりと瞬きした。

――あの夜を区切りにしようと前から決めていた。

それ故、旅行中はより二人の距離が縮まっていたのは確かだ。これまでで一番、親密だったと言っても過言ではなかった。

「だったらどうして……っ」

泣いてしまうのではないかと、心配になるような苦しい声がぶつけられる。

いつも甘く、それでいて有無を言わさぬ強さを秘めていた男の声が、掠れ揺らいでいた。

「――言って、どうなるの？　私たち――そういう関係じゃないでしょう？」

その言葉がどれだけ鋭い刃になるのか重々承知した上で、早紀子は一音ずつ丁寧に発音した。

案の定、和希の眦が吊り上がる。

ただし、怒りのせいではない。驚きと――困惑。それにひどく傷ついたせいだ。

そのことが分かる程度に、二人で濃密な時間を積み重ねてきた。そんな事実が、殊更早紀子の胸を切り裂いてやまない。

「何でそんなこと言うんだよ……っ、俺から離れるため？　だからこの会社を辞めてヘッドハンティングを受けるって？」

やはり知っていたのか。

まだ公にはなっていない話だし、水面下で進んでいることなのに。

いつ誰から彼がその話を聞いたのかは謎だが、不思議だとは思わなかった。

和希の人脈や交友関係の広さは、よく知っている。おそらく早紀子が把握している以上の繋がりが他にもあるのだろう。

早紀子に引き抜きの話があることを――この会社よりももっと大手の、日本でも有数の大企業からのオファーがあったことを何らかの伝手で耳にしたとしても、納得せざるを得なかった。

「耳が早いね」

淡く笑った早紀子に、彼の顔が険しさを増す。

顔の横でドンッと壁を叩かれ、竦み上がらなかったと言えば嘘だ。これまで和希の粗暴な行為を目にしたことはない。

早紀子との関係を強要するにしても、彼が暴力に訴えたことは一度だってなかった。思えば、怒鳴られたり罵られたりした例もない。いつだって、脅迫と呼ぶには甘美な誘惑だった。こうして怒りをぶつけられるのも完全に初めて。

早紀子はこんな状況にも拘らず、珍しいものを見る心地で和希の背けられた横顔を見つめた。

「……っ、こんな風に苛立って、ガキっぽいって思っているのか？」

「――思っていないよ」

馬鹿にする意図は微塵もない。むしろ嬉しいと感じている自分に戸惑っている。

遊びの関係でしかない七つも年上の女に、ここまで彼が心乱してくれたことが、どうしようもなく心を疼かせた。

――ただ、お気に入りの玩具を手放したくないだけかもしれないけど……

それでもいい。一片の執着もなく捨てられるより、ずっとマシだ。

――一日でも早く私に飽きてほしいと思っていたはずなのに……

こうして未練を覗かされると、悪い気はしない。もっと言えば、感激していた。

――馬鹿ね、私。

ままならない自分の気持ちに呆れ、苦笑する。だがだからこそ、和希とは離れなければならないのだと改めて思った。

これ以上、自分がみっともなくならないうちに、心の整理をつけたい。もしずるずると彼との関係を続けていけば、いつか早紀子は仕事上での嫉妬と暴走する気持ちとの狭間で、苦しむことが目に見えていた。

そしてどちらも手に入らないのがはっきりしている。

この会社では女性の自分が上り詰められるのは、精々チーフマネージャー止まりだろう。早紀子より優秀で会社に貢献してきた先輩たちですら、その上にはいかれなかった。

いつかは自分がガラスの天井を突き破って――とかつては意気込んでいたけれど、この数年限界を悟りつつあったのも事実。

長年の慣例や社内体制を打破するのは、容易なことではない。

その中にいる限り、早紀子は不満を募らせる未来しか思い描けなかった。

だったら――新天地に可能性を求めるのは当然のこと。

自信はある。自分の力を信じてもいる。チャンスさえあれば。

そんな燻る思いを持て余している時に、ヘッドハンティングの話を受けた。

条件的には申し分ない。手がけていた仕事のキリもいい。

何より、自分を評価してくれ必要だと思ってくれる相手がいるのは、早紀子を勇気づけた。

新入社員として入社して以来、長年勤めたこの会社に愛着はある。ここで頑張っていきたいと選んだのは自分自身だ。

それでも、早紀子がキャリアアップしたいなら、旅立つ時がきたのだと思う。新しい世界で己の力を試す。その誘惑に抗えなかったのだ。

「俺のせいなのか……？」

「違う」

自分は先ほどから否定ばかりだなと思ったが、これは紛れもない本心だった。

和希の『せい』ではない。早紀子は逃げるのではなく、自ら歩き出すだけだ。ならばむしろ彼の『おかげ』と言っても誤りではなかった。

短い期間ではあったけれど和希と共に仕事をして、他者に頼ることは勿論、挑戦したいと思えるようになったのだ。人として女としての勇気も貰えた。

だがこのことを告げるつもりはない。

卑怯でも、早紀子なりのプライド。

男の『ため』でも『せい』であっても、そんなことで生き方を変えたと思われたくはなかった。

傍から見れば小さく、取るに足らない矜持だろう。しかし、自分にとっては大事なことだ。

他人の目ではなく、己が見ているから。誰よりも早紀子自身が誇れる生き方ができるように。

「……早紀子さんにとって、俺は転職の相談をするにも値しなかった……？」

「私のことを決めるのは、私しかいないでしょ。迷っていたなら話したかもしれないけれど……この件はもう決めたことだもの」

他者の意見が聞きたいのは、背中を押してほしい時や、別の視点を提示してもらいたい場合ではないか。

だが今回、それは早紀子にとって不要だった。惑わされるくらいなら逆に耳を塞ぎたかったほど。

素直にその気持ちを伝えると、和希がくしゃりと顔を歪ませた。

「……悔しいくらい、早紀子さんらしいね。本当、意地っ張りで俺を欠片も頼ってくれない。だけどそういうところが――」

彼の唇が、早紀子の耳朶を掠めた。

声になりきらない吐息が注がれる。肌に触れた言葉を捉えることはできなかった。

けれど何故だろう。不思議と『あの時』と同じことを言われた気がした。

グランピングに興じ、誰もいない森の中で淫らに抱き合った時と。

たった五文字の言葉を、今回も聞き逃した。それとも何か告げられたと感じたことすら、早紀子の錯覚と願望なのかもしれない。

言ってほしい言葉を渇望するあまり、勝手な幻を見聞きしただけ。

「——さようなら」

別れの言葉は和希の双眸を見て伝えた。

正面から絡んだ視線が、意味深に揺れる。沈黙に耐えきれず先に目を逸らしたのは、早紀子の方だった。

「……あっさりしたものだね」

「——私たちにはお似合いじゃない？　愁嘆場を演じるのは、ごめんだわ」

壁につかれていた彼の右腕をくぐり、早紀子は和希に背を向けたままそっと息を吐き出した。

まだだ。あともう少しだけ、己を律してしっかりしなければ。

始まり方は選べなかったのだから、終わり方くらいは自ら決めたかった。

ツンと目の奥が痛むのは瞬きで振り払い、声が震えないよう喉に力を込める。

一人になれば、泣いてしまいそう。それでも、日々を積み重ね忙しく過ごしていれば、いずれ痛みも記憶も薄れてゆく。自分も——彼も。

「俺は……っ、貴女と無関係になるつもりなんてない。——……早紀子さんが好きなんだ。だからこれで終わりなんて、納得がいかない……！」

「……っ」

絞り出された告白に早紀子の心が揺らいだ。振り返りたいのを全力で制止しなければ、涙が溢れてしまいかねない。

身体の全てが、何よりも気持ちが、彼の腕の中に戻りたがっていた。だが駄目だ。

その言葉に偽りはなくても。少なくとも今の彼にとっては、真実であっても。

だからと言って、これから先も同じだとは、絶対に言えないのだ。

少し前から、和希の気持ちが『遊び』のみではないことを薄々感じてはいた。ひょっとしたらと期待を抱いたこともある。

だがそんな淡く儚いものに寄りかかれるほど、早紀子は若くもないし勇気も持ち合わせていない。

今後、立ち直れないほど傷つくには、三十代の自分には情熱も勢いも足らなかった。

「……私と貴方じゃ、違い過ぎる」

「何が？　年齢のことを言っているの？　だったら俺が頼りないから嫌だって、言ってくれたらいいのに」

「逆だよ。いつか嫌になるのは貴方の方。七つの差は大きい。いずれ冷める時が必ずくる」

そしてその瞬間は、思ったよりも早く訪れると思う。早紀子よりもずっと先に、和希の目は覚めるに違いなかった。

――私はその時を平然と迎える勇気がない。

少し前までは待ち望んでいたことが、今は怖くて堪らなかった。きっと泣いてしまう。それだけならまだしも、なりふり構わず縋ってしまいそうな自分が、許せなかった。

早紀子だって、結婚を望んでいるわけではない。だが遊びに浪費できる時間が、彼と比べて自分は圧倒的に短いのだ。

今この瞬間だけ楽しく過ごせればいいと割り切るには、女の三十代は荷物が多過ぎる。いざ和希が心変わりした際、早紀子が空っぽになっていることは容易に想像ができ、それが何よりも怖かった。

「……俺を信じられないってこと？」

否定はできない。まさに、その通りだったからだ。

早紀子が顔だけ振り返りじっと彼を見つめると、こちらの意図を察したのだろう。勘のいい和希のことだ。早紀子の言いたいことがよく分かったらしい。

「――俺の早紀子さんへの気持ちが、その程度だと思っているのか……――侮られたものだな」

背中から抱きしめられて、全身が強張った。

身体全部が心臓になってしまったように、鼓動が暴れている。動揺して涙が引っ込み、早紀子は瞳を忙しく泳がせた。

怒ってくれたのなら、まだ救われた。だが彼が声音に滲ませた色は、明らかに傷ついた男のもの。

刃を振り降ろしたのは自分なのに、早紀子もまた、大きく心を抉られていた。

「……俺を信じてほしいと言っても、無駄なんだな」

長過ぎる七年の差は、絶対に埋まらない。いつか壊れてしまう関係なら、まだ綺麗な間に終わらせたい――そんな早紀子の気持ちは、まだまだ若い和希には決して理解できないだろう。

おそらくそれこそが、『年の差』の残酷で難しいところなのだ。

「……楽しかった」

心の底から本音を吐露して、早紀子は微笑み身体ごと振り返った。

翳りも蟠りもない晴れやかな笑顔に、彼がハッと息を呑む。

「ありがとう、水原さん」

緩んだ腕の檻からするりと抜け出す。

和希の手は、もう早紀子を追ってこなかった。空中で惑い、そのまま下ろされる。

それを欠片でも残念に思う自分は、矛盾の塊だ。

ここで全て清算しなければならないのに、相反する思いが後ろ髪を引いた。

「——それが早紀子さんの答えなんだな。……分かった」

彼が瞳を伏せ、今この瞬間本当に終わりを迎えたことを早紀子は悟る。

これからはお互い、別々の道を行く。それが交わることは、今度こそ永遠にないだろう。

——さようなら。いつからかは分からないけれど——私も貴方が好きだった。

言えない言葉を心の中だけで吐き出し、歩き始める。

早紀子の頬を、幾筋も涙が伝い落ちた。


転職し、一週間は慌ただしく過ぎた。

半月も経てば、僅かながら新たな職場に馴染み始める。

一月後には、早紀子は以前よりもっと仕事に没頭する日々を送っていた。

新たに勤めることとなった会社は、国内だけでなく世界的にも有数の商社だ。その中の

家具やインテリア部門が早紀子の任された業務。

ハイブランドの輸入物から、国内の職人が手がける逸品まで。中でもアーティスティックなオーダー家具が主力商品だった。

和希に纏わる連絡先は全て削除し、部屋を引っ越して心機一転。

大きな仕事に、これまで関わることがなかった取引先。大変なことも多いけれど毎日充実している。

何より、以前の会社では考えられなかった女性取締役の多さが、早紀子を勇気づけてくれた。

「木下さんには期待しているのよ。頑張ってね」

「はい、ありがとうございます」

結婚し、子どもを産み育てつつ、最前線でバリバリ働いている副社長直々に激励され、少なからず身が引き締まった。

彼女は、経済誌にもよく取り上げられている早紀子の憧れの人でもある。

「貴女と一緒に働けて嬉しいわ」

そんなことを言われては、ますます頑張らないわけにはいかない。

——それに、忙しくしていれば、余計なことは考えなくて済む……

全力で仕事に打ち込み、家に帰れば泥のように眠る。

プライベートを犠牲にした働き方は相変わらずだ。一つ違うのは、仕事が楽しいからだけが理由ではないこと。和希のことを思い出す時間を、極力減らしたいせいだった。

ふとした瞬間、彼のことを考えてしまう。

好きな紅茶のペットボトルを見た時。グランピングの映像を目にした際。雨の匂いを嗅いだ日に。

きっかけは些細なものばかり。それでも沢山のことが和希を想起させた。まるであらゆる事象が、彼へ紐づけられているように。

――未練がましい……

別れを決めたのも告げたのも、自分なのに。いつまで経っても心が疼いて仕方ない。

それでも必死で努力を続けたおかげだろうか。

彼と会わなくなり三か月もすれば、鋭い痛みは和らいできたように思う。未だ心が鮮血を流し続けていることに変化はなくても。

「――次のプロジェクトには木下さんも参加してもらうわ。毎年社を挙げてのイベントだから、今後のために勉強してね」

「副社長の期待にお応えできるよう、頑張ります……！」

今まで以上に忙しくなる予感で胸が高鳴ってしまうのは、多分にワーカホリックであるのを自覚している。

——結局私はこういう生き方が性に合っているんだな……

回遊魚のように泳ぎ続け、前を目指しているのが向いている。

安穏とした居場所に憧れないとは言わないが、どちらか一つしか選べないなら、心は決まっていた。

これからも時折、和希を思い出しては胸を痛めるかもしれない。それでも、かつての選択が間違っていたとは、思わなかった。

——和希はそろそろ別の恋人ができたかな？

彼ならきっと、すぐに相応しい相手が見つかるに違いない。そう年齢の離れていない、同じ速度で未来を夢見られる女性が現れるだろう。

以前の会社の人間とは連絡を取っていないため、和希の情報も早紀子の耳に入ってはこなかった。だがそれでいい。

こうして少しずつ、けれど確実に過去のことになっていけばいい。

今は無理でも、いつか全てが『懐かしい思い出』に変わってくれたら——

「——ねぇ、ねぇ。あの噂、聞いた？」

切ない想いを早紀子が噛み締めていると、すぐ傍で女子社員の噂話が聞こえた。

「勿論聞いたよ。本当なのかなぁ……楽しみなんだけど」

「本決まりらしいよ。別の会社で修業を終えて、いよいよ……ってことみたい」

「――何の話？」

つい興味を惹かれ、早紀子は彼女たちに声をかけた。

以前ならば、仕事中に私語など言語道断と思っていたが、比較的女性社員が多いこの職場では、他愛ないお喋りも大事なコミュニケーションの一つだと思うようにしている。

それに自分一人ががむしゃらに頑張って孤高の存在になり、『相談しにくい上司』と認識されるのは望ましくないと、過去の出来事から学んでいた。

「あ、木下次長も興味ありますよね。実は、うちの社長の息子さんが次期後継者として入社するらしいんですよ」

「そうなの？　ということは、副社長の息子さんでもあるのね」

夫婦揃って経営者として辣腕を揮う二人の子どもならば、きっとさぞや優秀なのだろう。

早紀子は純粋に感嘆し、瞬いた。

「そうです。大学は海外の名門を飛び級で卒業し、そのまま現地で就職して、帰国後はまた別の大手企業に入社していたんですよ。それもご両親の口利きなし、全部実力で！　噂では外見も相当ハイレベルらしいし、今からお会いするのが楽しみです」

「へぇ……すごい経歴なのね」

「ですよね。雲の上の人ですが、是非お目にかかりたいです」

きゃっきゃと華やいだ声を上げる彼女たちを見つめ、早紀子も微笑んだ。

自分には直接関係ないことだが、確かに楽しみではある。それほど優秀な人間なら、是非一緒に仕事をしてみたい。

——でもどこかで見たような経歴だな……

そんなことを考えていると、フロアの入り口がざわつき始めた。

「——急にいらっしゃるとは、どうなさったんですか？」

慌てた様子で頭を下げているのは、早紀子の直属の上司だ。部下に対しても腰が低く、誰に対しても敬語を崩さない。

だから彼の対峙している相手が年若い青年でも、早紀子は最初特に気にしなかった。

「騒がせて申し訳ありません。配属は明日からですが、一日でも早く社内の雰囲気を掴みたかったので、足を運ばせていただきました」

「いやいや、お気になさらず。さ、どうぞご案内いたします」

——誰？　取引先の方かな……？　でもどこか聞き覚えがある声のような……

大勢の人に取り囲まれているため、彼らの姿は早紀子からほとんど見えなかった。人垣に阻まれて、高い位置にある頭がチラチラと見え隠れするだけだ。

「……っあ、あの方ですよ、木下次長！　社長の息子さんです……！」

「えっ」

言われて改めて注視すれば、人集りの中心には副社長も立っていた。どうやら親子揃って、社内を回っている最中らしい。

「僕は一人で顔を出すと言ったのですが、副社長まで一緒に来たせいで、余計な気を遣わせてすみません」

「ろくに顔も知られていない貴方が我が物顔で社内をうろついていたら、不審人物と間違われるわ。かと言って、忙しい別の社員に息子のおもりを押しつけるわけにはいかないでしょう」

母親として仕方なく同行しているのだと主張する副社長の言葉に、周囲から笑いが起こった。

緊張していたフロア内の空気も和む。

だが早紀子だけは、その場に凍りついていた。

——今の声……

まさか。そんなはずはない。

自分たちの縁は完全に途切れたはず。そうでなくても、彼がこの場にいるわけがないのだから。

頭ではそう思うのに、心音が速度を増してゆく。

視線は人の輪の中央に立つ男性へと吸い寄せられた。

「……どうして……」

ごくか細い呟きが、彼に届いたとは思えない。けれど早紀子の声が聞こえたのではないかと思うタイミングで、その男性はこちらを向いた。

視線が絡む。

他にも大勢の人がいるのに、周囲の音は全て遠退いた。

真っすぐこちらに向けられた眼差しは、垂れた目尻が柔らかく、だが強い印象を孕んだものだった。

「和希……」

絶対にここにいるはずのない人。もう二度と会うこともない相手。

一度交差した関係は、そのまま遠く離れてゆくのみだと思っていたのに――

彼が自分に向かって歩いてくるのを、呆然と見つめることしかできない。呼吸すら忘れ、早紀子は逸らされない視線に搦め捕られていた。

「――久し振り、木下さん」

早紀子さんと名前で呼ばれなかったのは、ここが会社内だからだろう。けれど別の意図もあるのか分からなくて混乱した。

――私たちの間には、何もなかったと示すため？　でもそれなら、私に声をかける必要がない。それも、こんな公衆の面前で。

向かい合った二人を中心にして、人々が騒めいている。興味津々の視線が四方八方から突き刺さった。

「お、お久し振りです……」

どうにか社会人として最低限の挨拶は交わせたと思う。

下げた顔は動揺も露だったが、他者には見られていないはずだ。

「えっ、木下次長は社長の息子さんと知り合いだったの？」

「あ、そう言えば、勤めていた前の会社って……」

「――副社長、僕は彼女と話があるので、少し抜けてもいいでしょうか？」

早紀子が顔を上げられず俯いたままでいると、突然手首を掴まれ仰天した。

その長い指や筋張った手の甲、綺麗な爪には見覚えがある。かつて何度も触れ合った男のものに間違いなかった。

「え……っ」

「――構わないけれど、彼女の迷惑になる真似をしては駄目よ。それからあまり長い時間も自重なさい」

「分かっています。手短に済ませます」

「ちょ……っ」

早紀子が何か言う前に歩き出した和希によって、強引に手を引っ張られる。

混乱の極致にあったせいで、早紀子は足を踏ん張ることもできなかった。促されるまま彼に連れられ、どこをどう歩いたかも覚えていない。

気づけば、静まり返った会議室で二人きりになっていた。

「──本当に久し振り、早紀子さん」

まるで先ほどの場面をやり直すように、強調して名前を呼ばれた。

和希の意図が全く読めず、早紀子は眉間に皺を寄せる。すると、一歩距離を詰めてきた彼に、額を指で突かれた。

「険しい顔になっているよ、早紀子さん」

「何を……っ」

あまりにも親しげな言動は、二人の関係を曖昧にする。他者に見られたら、特別な間柄だと勘違いされかねない。

さながらこの数か月間が存在しなかったかの如く振る舞われ、早紀子は驚いて和希の手を振り払った。

「いったいどういうことなの……っ、私たち、完全に終わったでしょう？　いえ、そんなことより貴方が社長の息子って……名字だって違うじゃない」

「ははっ、『そんなこと』って言えちゃうなんて、早紀子さんは相変わらずだね。水原は、母の旧姓。昔は色々あって、父の名字を名乗りたくなかった。最近まで通名として使っていただけだよ」

明るく笑った彼に、数か月前別れ話をした際の陰鬱さは微塵もなかった。しかしそれは一瞬のこと。

次の瞬間には和希の笑みが拭い去られた。

変わらず唇は緩く弧を描いている。だが、甘く整った双眸は少しも笑っていなかった。

「あの程度で逃げられると思った？　見くびらないでほしいな。俺の気持ちはそんなに簡単に変わったりしない。今も早紀子さんが好きだよ。だけど貴女はいくら言葉で告げても信じやしないでしょ？　だからこうして行動で示してみた」

「何……それ……」

そんな言い方をされては、勘違いしてしまう。

親の七光に頼らず、自力で道を切り開いてきた彼が、早紀子のために生き方を変えたのかと。

「本当は後継者としてここに入社するのは、もっと後にしようと思っていた。よそで充分経験を積んで、自分の力を身につけてからって——だけど早紀子さんのためなら、予定や人生設計を前倒しにするくらい何でもない」

「……っ」

早紀子の思い過ごしではなく、事実そうなのだと告げられ、頭が真っ白になった。その隙間に、じわじわと滲む感情の名前は。

――嬉しいなんて、思っては駄目なのに……っ
「年下の頼りない男だから振られたのかなって考えたら、もっと力をつければいいだけだと結論が出た。考えてみたら、五年前ヤリ捨てされた時も同じことを思ったんだよね。もっと人として男として成長しないと、早紀子さんに相手にしてもらえないって」

「ちょ、何言っているの」

突然過去の過ちに触れられ、早紀子は慌てて周囲を見回した。当然、室内には誰もいない。けれど油断できないではないか。そもそも会社内でする会話とは思えなかった。

「あの頃の俺、ちょっとやさぐれていてさ。親の決めたレールに乗って生きるのが嫌で、色々反抗していた。入った大学もろくに通わず、たまたま帰国していた時に早紀子さんに出会って、滑稽なくらいもがいて強がっている貴女が、とても可愛く見えた」

褒めているのかいないのか。若干馬鹿にされている気もしたが、早紀子は口を挟むことができなかった。

和希の眼差しが、あまりにも真剣で真摯に感じられたからだ。

「どう見たって初心なのに、必死で『遊んでいる女』の振りして……初めは面白いから話にのったけど、少し会話している間にもっと貴女を知りたくなった。本当は何を考えているのか、どういう人なのか……分からないからこそ、知りたくて堪らなくなった」

かつて、同じことを言われた。あれはいつだったたか。

記憶の糸を手繰り寄せようとした早紀子は、彼の指先に頬を辿られ、思わず身を強張らせた。

微かに触れる場所が熱を帯びる。そこ自体が心臓になったかのようにドクドクと脈打った。

「夜が明けたらもっとちゃんと知り合いたいと思ったのに、翌朝まんまと逃げられた俺の気持ち、考えてくれたことはある？」

「だ、だって、あれは一夜限りの……」

「俺は、始まりだと思っていたよ。だからショックだった。でも貴女にとって、簡単に切り捨ててしまえる程度の男でしかない自分が悪いと思ったんだ」

過去の、今よりも線が細かった青年の声が早紀子の耳によみがえる。――『お姉さん、大丈夫だよ』――あの言葉がどれだけ自分を勇気づけてくれただろう。

当時は名前も知らない者同士だったのに。

「探そうと思えば、不可能じゃなかった。早紀子さんは知らないだろうけど、貴女が眠っている間に鞄の中は見させてもらったから、本名と住所はゲットしていたし」

「え」

流石に頬が引き攣った早紀子に、和希が悪びれもせず肩を竦めた。

「どこの誰とも知らない相手の素性を確かめるのは、最低限の危機管理でしょう。何かあった時の保険ってやつ」

　至極、もっとも。しかもそう断言されてしまえば、自分も偶然とは言え彼の身分証を見てしまったのだから、強く文句を言うのは躊躇われた。

「だから、すぐ会いに行こうと思えば可能だったんだよ。でも早紀子さんが何も言わずに去った意味を思えば、歓迎されないのも理解できた。まずはせめて大学をきちんと卒業しないと話にならないと考えて、それなりに頑張ったよ」

　もしも、あの夜の直後に和希が自分の前に現れたら、早紀子は冷静でいられなかっただろう。一年前よりもっと、パニックになったと思う。

「で、でも結局私の前に現れたじゃない。あれはまさか偶然じゃなかったの？」

「半分偶然。半分は作為。あの会社に就職を決めたのは、貴女だけが理由じゃない。やりたいこと、身に着けたいことが合致していたからだ。だけど一年後早紀子さんと同じ部署に配属されたのは、希望を出したおかげでもある」

　愕然とするとは、まさにこのこと。開いた口が塞がらず、早紀子は無為に空気を食んだ。つらつらと語られる内容には、驚きしかない。少々引いてしまうほどだ。どうしてそこまでと、戸惑わなくもなかった。

「ば、馬鹿じゃないの……？　あれだけの実力がありながら……」

「女のために生き方を決定してって？　でもそれだけの価値が早紀子さんにはあるんだよ。

一年ちょっと一緒に過ごして、余計惹かれた。不仲だった両親と和解してでも貴女の傍にいたいと願うくらいにね」

眩しいほど真っすぐ届けられた想いが、早紀子の胸を騒めかせる。

自分にはできない選択だ。『誰か』のために生き方を変えることなど。そんな勇気も瞬発力も、早紀子には乏しかった。

「早紀子さんは、俺に合わせて人生に纏わる重大な意思決定をするなんて考えないよね。そういうところが好きだよ。だから俺が貴女に合わせて変わればいいって思ったんだ」

人によっては、みっともないと眉を顰めるかもしれない。だが湧き上がる歓喜は、ごまかしようがないものだった。

「……っ、私なんかのために、本当にどうかしている……っ」

「なんかじゃないって。俺にとっては、人生をかけても惜しくない。――ねぇ、これで信じてくれる？　俺の気持ちは簡単に変わらないって、信頼してくれるかな」

「七つも年が離れているのに？」

「精一杯急いで経験積んで成長したんだけど、まだ足りない？　早紀子さんって、本当自分にも他人にも厳しいな……」

和希にとっては七つの年の差など、本当に気になるものではないらしい。それが若さ故なのか、それとも早紀子が拘り過ぎているのかは分からない。

だが早紀子の年齢が上であることよりも、彼自身の若さからくる未熟さを問題視している辺りに、言葉にできないほど心が揺さ振られた。

まして自分は、和希に想いを告げずに彼のもとを去ったのだ。

つまり彼は、早紀子が受け入れる保証もないのに、こうして全力でぶつかってきてくれたことになる。その本気を、軽視することなんてできるわけがなかった。

「私、器用じゃないの。仕事も恋もなんてきっと上手くいかない。だったら、頑張った分だけ結果が出る仕事を選ぶわ……そんな女、嫌でしょう？」

泣きたい心地で早紀子が告げれば、和希はきょとんとした顔をした。心底意味が分からないと言わんばかりに首を傾げる。

「どちらかしか選んじゃいけないのか？　全部手に入れればいいのに。そのための努力だったら、俺も喜んで一緒にする。人の関係って、そうやって築き上げていくものだろう？　どちらか一方の頑張りじゃなくて——……いや、それより早紀子さん。その言い方だと、俺のことが少しは好きだって聞こえるんだけど……」

「い、今、そんなこと……どうでもいいじゃない」

「どうでもいいわけあるか。一番大事なことだろうっ」

不意に大きな声を出されて、驚いた。

目を丸くした早紀子の反応に、彼が慌てふためいて髪を掻き毟る。

「いや、ごめん。怒ったんじゃなくて……っ、——早紀子さん、今こそグランピングでゲームに勝った権利を使わせて。何でも俺の言うことを一つ聞いてくれるよね？　だから正直に答えてほしい。——早紀子さん、俺のことが好き？」

求められている答えは一つだけ。早紀子の胸にある回答も、たった一つだった。

「……好き」

ずっと言えなかった言葉。本当はそれだけでは足りないほど愛している。この気持ちを育てるのが怖かったから、離れたいと願ったほどに。

生まれて初めて異性への好意を吐露し、身体が震えた。

怯えを孕んだ視線を早紀子が和希へ向けた時。

「俺は愛している」

「……っ」

これまでで一番強く抱きしめられ、呼吸も瞬きも忘れた。鼻腔の奥に愛しい香りが充満する。

早紀子が彼の背へ手を回せば、ほんの少し痩せたことが伝わってきた。もしもそれが自分のせいだとしたら、申し訳ない気持ちと嬉しさが込み上げる。

矛盾だらけの感情が膨れ、早紀子の瞳から涙が溢れた。

「……早紀子さんの泣き顔、初めて見た」

「――見たら駄目」

「嫌だよ。だって俺だけの特権でしょう？　意地っ張りで頑固な貴女が、人前で泣くはずがない」

確信に満ちた物言いに、思わず笑ってしまった。

滴る雫は、和希が唇で吸い取ってくれる。久方振りに感じた唇の感触が、早紀子の唇へ重ねられるまでにさほど時間はかからなかった。

「愛している――やっと、言えた……」

「私も、愛している……」

もう彼の気持ちを疑おうとは思わない。これからも不安になる日は来るかもしれないけれど、その時は自ら手を伸ばせばいいだけだ。

失うことに怯えて最初から手放そうとするのではなく、和希の言うように努力して積み重ねていけばいい。欲張りになって、相手に頼っても構わない。

何もかも一人で背負い込む必要はなかった。寄りかかっていいと、言ってくれる人が傍らにいるのだから。

長く濃密なキスを交わし、二人同時に時計を確かめ、そして破顔した。

「そろそろ仕事に戻らなきゃ、叱られちゃう」

「くそ……っ、せっかく盛り上がったところなのに……今夜は退社後、覚悟しておいて」

囁かれた耳がカッと熱を孕んだ。
淫らな誘惑に小さく頷く。
それはもう『命令』ではない。未来への『約束』だった。

エピローグ

宣言通り、早紀子は仕事を終え社外に出た瞬間捕獲された。そのまま連行されたのは、和希の部屋だ。

以前と変わらない室内には、早紀子の名残がそこかしこにあった。

使っていた基礎化粧品。歯ブラシ。部屋着。

ここで過ごすことが多くなり、いつしか増えていったものだ。それら全て、捨てられることなく残されていた。

「……処分していいって言ったのに……」

「俺は終わらせるつもりが毛頭なかったから。——未練がましいって笑う？　それともヤバい奴だって引くかな」

「ううん。……嬉しい。ありがとう」

待っていてくれたのだと思えば、胸が温もった。流石に封を開けた茶葉は、飲むか処分するかしていてもいいのではないかと思ったものの、それすら嬉しい。

時刻は既に二十三時半を回っている。

多忙な早紀子が定時で帰るのは難しく、何だかんだと残業してしまった。帰りに夕食を軽く取り、この時間だ。

「疲れた？　前よりバリバリ働いているみたい」

「期待されていると思うと、つい張り切っちゃう。——それより副社長……お母様にあれから何か言われなかった？」

「別に？　母は俺がいきなり後継者になるって言い出した理由を、薄々察したみたいだし……うちの両親だってもともと上司と部下だからね。父がキャリアウーマンだった母を見初めて、土下座の勢いで結婚を申し込んだそうだ。今頃、血は争えないって思っているんじゃないかな」

「もし反対されたら——」

今更彼を諦めるなんて、考えたくもない。しかし親としては、期待の息子の相手が七つ年上というのは、気になる点ではないだろうか。他にもっと、政略的な結婚を息子に望むこともあり得ると思った。

「うちはそういう考え方を持っていない。むしろ何もできないお嬢様を嫌っているよ。母を見たら分かるだろう？　あの人は自力でのし上がってゆくタイプだし、父はそういう母にべた惚れしている」

「そうなの？」

「ああ。俺も常々『守ってもらうのが当たり前なお嬢さんではなく、いざという時はお前を引き摺ってでも自力で前に進む女性を選びなさい』と言われてきた。まぁ早紀子さんの場合、下手したら俺が置き去りにされそうだけど……そこは俺が頑張ってついて行けばいいかな」

いつの間にか、早紀子の方が率先して前に出るのが当然だと言われているようで、つい笑ってしまった。

「待って。私のこと、烈女だとでも思っているわけ？」

「否定はしない。でも同時に可愛くて虐めたくなる女性だとも思っている」

「可愛いはともかく……後半は何なの……」

「貴女を鳴かせるのは、俺だけだってこと」

何故か『泣く』の意味が異なっている気もしたが、早紀子は深く問い詰めないことにした。そんな些末なことよりも、和希の瞳が甘く細められたせいで、空気が変わったためだ。

「――会いたかった。ずっと、本音では早紀子さんのところへ飛んできたかった……」

ソファの上で抱き寄せられ、懐かしい感触に酔いしれた。この腕の中へ戻りたかったのだと、心の底から自覚して目を閉じる。

「私も……たぶん、後悔していた……」

「たぶんなの？　悔しいな。俺はのたうち回るくらいだったのに。でも全部投げ出して貴女を追いかけても、絶対に振り払われて終わりでしょう？　だからせめて抱えている仕事を整理して、きっちり綺麗に後始末しないと、会ってももらえないと思ったんだ」

そのための三か月間だったと彼は語った。

だが当時の和希の抱えていた仕事量を思えば、僅か三か月で整理するのは難しいこともあっただろう。会社からも引き留められたはずだ。それらを乗り越えて早紀子のもとに来てくれたのだと思うと、申し訳なさと歓喜が湧き上がった。

自分には絶対にできない生き方を、易々とこなせてしまう彼が眩しくもあり、呆れもする。それでも一番の思いは、か細い縁を力ずくで手繰り寄せようとし続けてくれた和希への感謝だった。

「少し怖いくらい、私に執着しているね」

「そうだよ。だから覚悟して。やっと捕まえたから、もう逃がさない。今夜は、俺の執着の深さを思い知ればいい」

するりと腰を撫で下ろされ、ゾクンッと下腹が波打った。

見つめ合うだけで鼓動が速まってゆく。引き寄せられ交わしたキスは、蕩けるほど甘かった。

「は……っ、すごく、熱い……余裕ないな、俺」

「私も、同じだよ……」

至近距離で吐き出した互いの呼気が混ざり合い、一層熱を上げる気がした。

寝室へ移動する余裕もなく、夢中で服を脱がせ合う。一刻も早く相手の肌に触れたくて、この上なく飢えていた。

バレッタを外された早紀子の髪が肩に落ちかかる。その毛先をさも愛しいもののように梳かれ、口づけられ、泣きたくなったのは何故だろう。

自分からも何かを返したくなり、早紀子は和希の柔らかい髪へ指先を遊ばせた。

「何だか、頭を撫でられる子どもになった気分……」

「ふふ、甘やかしてあげようか？」

「年下なのを馬鹿にされるのは気に入らないのに、早紀子さんが相手だと気持ちがいいのが、ちょっと癪に障る。——でも、いつまでもガキ扱いを受けるつもりはないから」

ニッコリ笑った男に早紀子はソファの上へ押し倒され、覆い被さってくる彼を見上げた。

全身で愛を叫ぶかのような和希は、早紀子には少し手に負えない人なのかもしれない。

あまりにも全力でぶつかってこられると、自分は怯んでしまうところがあった。

それでも——一緒にいたいと願う時点で、もう逃げ道などとっくに封じられているのだろう。

——ううん、違う……私自らが深みに嵌ったんだ。

望んで、引き返せない沼に沈んだ。だからこの先どれだけ困難な壁にぶち当たり、悲しむことがあったとしても、この選択を悔やむことはないと確信が持てた。

怖くても、狡くても、時に逃亡したいほど重圧に押し潰されたとしても、早紀子には隣で支えてくれる人がいる。

年齢差など関係なく、頼れるパートナーがいてくれるなら、差し伸べられた手を取らない理由はなかった。

「……ん、ぁ……っ」

久し振りに愛しい人から触れられた媚肉が、戦慄いて歓迎を示す。

溢れる愛蜜を指で掬い取った彼が、慎ましさをなくした花芯をぬるぬると扱いてくる。

更に臍付近に口づけられては、声を抑えるなどできるわけがなかった。

「や、ぁあっ」

爪先までひくつかせ、瞬く間に絶頂へ押し上げられる。達した直後に膣内を探る指を二本に増やされたせいで、早紀子は髪を振り乱した。

「あっ、駄目……やぁ……ッ」

「今夜の早紀子さん、感度がいいね。すごくやらしい」

「や、ふざけない……でっ……」

「ふざけてない。もっと善がるところ、見せて」

蜜洞を曲げた指先で弄られ、眼前にチカチカと火花が散った。早紀子の弱いところは全てお見通しだと言わんばかりに容赦なく暴かれてゆく。

淫道を掻き回しながら花芽を摘まれ、耳からは卑猥な言葉を注がれては堪らない。早くも二度目の高みへ放り出されそうになり、早紀子は和希の手を押さえた。

「ま、待って。私だけじゃなく、一緒に……っ」

精一杯の誘惑は、目を逸らしながら口にするのが限界だった。

しかも後半はもごもごと口ごもり、まともに言葉にすらなっていない。それでも彼を喜ばせることには成功したようだ。

「最高の殺し文句だ。愛しているよ、早紀子さん」

腹につきそうなほど勃ち上がった肉槍が、生々しい存在感を放つ。凶悪な造形は、それだけ自分を求めてくれている証だ。

そう思うと目が逸らせず、早紀子は無意識に喉を上下させた。

「……物欲しそうな目をして……やらしいな」

「なっ……そ、そんなんじゃない」

「焦らなくても、全部あげるよ」

大きく足を開かれて、早紀子は恥ずかしい体勢を強いられた。以前ならばきっと、一言物申さずにはいられなかったはずだ。けれど今夜は、高まる期待感で呼吸を乱しただけだった。

「……っ、ぁ、あ」

嫣然と微笑んだ和希が早紀子の中を埋めてゆく。もどかしいほど、ゆっくり。焦らされているのは、彼の目を見れば明らかだった。

獲物の痴態を一瞬も見逃すまいとする強い眼差し。優しげなのに、底の知れない危険な光に喰らわれそう。

繋いだ手も、早紀子を逃がすまいとするかの如く、ソファへ押しつけられた。

——もう二度と離れたりしないのに……

それだけ自分が和希を傷つけ悩ませたのだと思うと、誇らしくもあるから厄介だった。

この綺麗で若く、才能に溢れた男性を虜にするのが何故早紀子なのかは分からないけれど、幸福感ではち切れそうだ。

同時に、抱きしめてあげたいような不思議な気持ちにもなった。

「……ん、ぁ……何だか、中が……」

二人の腰が重なって、彼の全てを呑み込めたことを知る。その感触が、これまでのどの時とも違った。

蜜壁が喰いしめる楔の感覚が生々しい。肉襞が伝えてくる形は、ひどく猛々しかった。

「──ごめん、避妊してない」

「え」

今まで、和希は律義なほど避妊を徹底してくれた。それこそ屋外で抱き合った時にも。

それなのに今夜は違うらしい。それも、おそらくはわざと──

「万が一の時は喜んで責任を取る。むしろ取りたい。育休は俺が取得するし、早紀子さんのキャリアの邪魔は絶対にしないって誓うから……俺と一緒に全部手に入れてくれないか？」

どちらか一方を選択するのではなく、欲張りになって、欲しいものは全てあげると言われ、不本意ながら涙が溢れた。

これまで具体的に自分の結婚や出産について考えたことはない。

けれど今は、色鮮やかに想像することができた。

愛する人と家庭を築き、仕事に全力で取り組んで、可愛い子どもも育てて──それはなんて夢のように贅沢な話だろう。

自分にできるのか不安はある。だが彼が隣にいてくれるなら、叶えられるかもしれない。

叶えたいと、早紀子は思った。

「──私の意見も聞かないで……」

「ごめん。でも早紀子さんを繋ぎ止められるなら、俺何でもする。卑怯な真似だって、平気でできるんだ」

くしゃりと歪められた顔は、年齢よりも可愛らしく思えた。

和希にこんな感情を抱くのは初めてかもしれない。いつだって彼は掴みどころがなく、翻弄されていたせいで、とても新鮮な心地になった。

仕方ないなぁと全て許してしまえるほどに。

「――もしもの場合は、きっちり責任取ってもらうから」

「……！　もしもの場合じゃなくても、今すぐ責任を取る！」

早紀子が年齢を気にするのと同じくらい、彼もまた年下であることにコンプレックスを感じていたのかもしれない。そのせいで、背伸びしていたのかと思うと、胸が高鳴った。

「どうせなら、もう少し夢のあるプロポーズをしてほしかったな……」

思わず漏れた言葉は、早紀子自身ですら意識していなかった本音だ。甘いシチュエーションなんて自分には不要と考えていたのに、意外にも憧れはあったらしい。

「それは、今度改めてする。とにかく今夜は――早紀子さんを堪能させて」

「……ゃ、ん」

動き出した彼の律動に合わせ、早紀子も身体を揺らした。

にちゃにちゃと局部を擦りつけ合って、体内を捏ね回される。最奥に密着した先端が、早紀子の感じる場所を摺り上げた。

「……んぁ……ッ」

「ここ、気持ちいい？　早紀子さん」

「い、いちいち聞かないで……っ」

「好き勝手すれば、それはそれで怒るくせに……まぁいいや。だったら俺のいいようにさせてもらうよ」

そう言うや否や、早紀子の両足は和希の肩に担がれた。そのまま上体を倒されて、屈曲の体勢が深くなる。同時に、ぐりぐりと子宮の入り口を刺激された。

「やぁ……っ、深い……ッ」

「直接注いだら、孕む確率が上がるかな？　いっそ俺しか知らない場所に閉じ込めて、ずっとこうしていたいくらいだ……」

ねっとりと官能的な声で囁かれた内容は、本当なら危険なものだ。それでも、耳朶を湿らせる吐息があまりにも熱くて、早紀子は何も考えられなかった。

ひたすらに、気持ちがいい。

絡みつく執着すら快楽を煽るものでしかなかった。

「――なんてね。でも俺は優しくて躾もできている男だから、早紀子さんを自由にしてあげる。俺から逃げようと考えない限りはね」

きっともう、逃げられない。それは考えるまでもなく痛感できた。そして早紀子自身も二度と彼から離れようとは思わない。

「……ぁ、あッ」

揺れる乳房を揉みしだかれ、花芽も転がされた。

敏感な場所を全て責め立てられて、あっという間に喜悦が大きくなる。身をくねらせ喘げば、噛みつくようなキスに貪られた。

「んぅ……っ」

肉洞が甘く疼く。激しく動かれなくても絶大な快感がとめどなく生まれた。心も身体も歓喜して、早紀子の感度は際限なく上がってゆく。

瞬いた視界には、情熱的な眼差しでこちらを見下ろしてくる淫らな獣が笑っていた。

「ひ、ぁ、あ」

「俺だけの、早紀子さんだ」

動きにくいソファの上で絡み合い、共に快楽を分かち合う。

愛していると、何度も伝えながら。

あとがき

こんにちは、山野辺《やまのべ》りりです。

またオパール文庫さんで書かせていただき、大変嬉しいです。今回は、ブラックオパールさんです。

しかしなんと！　ヒーローが犯罪に手を染めていない!!

やればできる子、私!!　いや、違う。今までもギリギリセーフだったと信じている！

とにかく、今回はあくまでも合法的に迫るヒーローです。しかも年下。甘く可愛い予感がしますね。異論は認めない。

イラストはカトーナオ様が描いてくださいました！　大人な雰囲気溢れるオフィスラブで、ずっと見ていられる……素晴らしいイラスト、ありがとうございます。

ご指導くださった担当様、完成までに携わってくださった全ての皆様、心から感謝しております。

お手にとってくださった方々にも最大限の愛と感謝を！

束の間の読書が、楽しい時間になりますように。またどこかでお会いできることを願って。

それまで健康第一でいてくださいませ！

山野辺先生、担当様に
大変お世話になりました。
素敵な作品に携わらせて
いただけて嬉しいです。
イラストでも楽しんで
いただけましたら幸いです。
ありがとうございました！
――――カトーナオ

年《とし》下《した》のオトコ
あなたのすべては俺《おれ》のもの

オパール文庫ブラックオパールをお買い上げいただき、
ありがとうございます。この作品を読んでのご意見·ご感想を
お待ちしております。

ファンレターの宛先

〒102-0072　東京都千代田区飯田橋3-3-1
プランタン出版　オパール文庫編集部気付
山野辺りり先生係／カトーナオ先生係

オパール文庫＆ティアラ文庫Webサイト『L'ecrin《レクラン》』
https://www.l-ecrin.jp/

著　者――**山野辺りり**（やまのべ りり）
挿　絵――**カトーナオ**
発　行――**プランタン出版**
発　売――**フランス書院**

〒102-0072　東京都千代田区飯田橋3-3-1
電話（営業）03-5226-5744
　　（編集）03-5226-5742

印　刷――誠宏印刷
製　本――若林製本工場

ISBN978-4-8296-8452-8 C0193

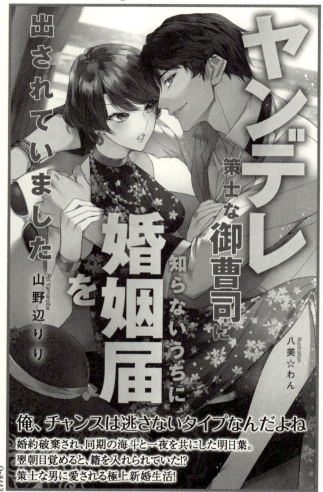

※本作品の内容はすべてフィクションです。